DREAMBOOKS

DREAMBOOKS

무적군주 로이스

오렌 판타지 장편소설

ORIGINAL FANTASY STORY & ADVENTURE

dream books
드림북스

무적군주 로이스 11

초판 1쇄 인쇄 2019년 3월 8일
초판 1쇄 발행 2019년 3월 22일

지은이 오렌
발행인 오영배
편집 편집부
일러스트 문필재
본문편집 오정인
제작 조하늬

펴낸 곳 (주)삼양출판사 · 드림북스
주소 서울시 강북구 도봉로 173
대표 전화 02-980-2112 **팩스** 02-983-0660
편집부 전화 02-987-9393 **팩스** 02-980-2115
블로그 blog.naver.com/dreambookss
출판등록 1999년 3월 11일 제9-00046호

ISBN 979-11-283-9401-0 (04810) / 979-11-283-9390-7 (세트)

+ 이 도서의 국립중앙도서관 출판시도서목록(CIP)은 서지정보유통지원시스템홈페이지(http://seoji.nl.go.kr)와 국가자료공동목록시스템(http://www.nl.go.kr/kolisnet)에서 이용하실 수 있습니다. (CIP제어번호: 2019006732)

무적군주
로이스
11
오렌 판타지 장편소설
ORIGINAL FANTASY STORY & ADVENTURE
dream
books
드림북스

Contents

Chapter 1
용자의 운명을 타고난 자

마왕 페쿠스는 믿을 수 없다는 듯 고개를 돌려 중마왕 탈락티스를 쳐다봤다.

"탈락티스 님! 어, 어째서 저를……."

"이유는 없다. 그냥 죽어라."

탈락티스가 손을 까닥이자 페쿠스의 몸이 그대로 먼지가 되어 부서져 버렸다.

그러자 우리나가 기겁하며 탈락티스를 노려봤다.

"탈락티스 님 지금 무슨 짓을…… 끄아아악!"

"크크크, 미안하다는 말은 하지 않겠다. 어차피 너희 같은 마왕들 따위에게 미안한 마음은 조금도 없으니까."

탈락티스의 손이 우리나의 심장을 으스러뜨려 버렸다.

그렇게 두 명의 마왕이 탈락티스에게 죽임을 당했다.

'어쩔 수 없지. 마족과 마물들을 다 죽이고 나도 자폭한다. 그럼 오늘 일은 비밀에 묻힐 것이다.'

본래는 끝까지 살아남아 어떻게든 세작을 밝혀낸 후 용자의 진영에 도움을 주려 했지만, 인간들이 짓밟히는 걸 더는 지켜볼 수가 없었던 것이다.

"크아아아악!"

그가 다시 손짓을 하는 순간 그를 감시하던 프리뭄의 권속 마족도 그대로 몸이 터져 흩어져 버렸다.

"크아아악!"

"꾸아악!"

연이어 마족들과 마물들이 계속 몸이 터져 죽기 시작했다.

그 상황을 레온과 그의 동료들은 멍한 표정으로 지켜봤다.

대체 어째서 저 마왕이 다른 마왕을 죽인 것도 모자라 마족과 마물들까지 학살하는지 의문이었다.

바로 그때 또 하나의 특이한 일이 벌어졌으니.

갑자기 하늘에 거대한 드래곤이 나타났던 것이다.

그리고 그 드래곤 위에는 웬 붉은 머리 소년이 팔짱을 낀 채 서서 아래를 내려다보고 있었다.

물론 소년은 로이스였다.

잠시 전.

로이스는 프리나스와 함께 아드리아 대륙으로 진입했다.

"용자가 있는 곳이 어디야?"

"잠깐만요. 저라고 즉각 그 위치를 알 수 있는 건 아니예요. 용자의 운명을 타고난 자가 있는지부터 알아내야 해요."

"없을 수도 있다는 얘기네."

"불행한 일이지만 충분히 그럴 수도 있어요."

"분명 있을 거야. 천천히 잘 찾아봐."

로이스는 프리나스가 차분히 현자로서의 능력을 발휘할 수 있도록 잠시 지켜보았다.

그사이 프리나스는 마치 명상을 하는 듯 눈을 감았다.

그러기를 잠시.

그녀는 눈을 번쩍 뜨고 말했다.

"있어요. 용자의 운명을 타고난 자가."

"정말이야? 잘됐군. 당장 날 그곳으로 안내해."

"네, 그럼 저를 따라오세요."

프리나스는 마치 산책을 하듯 가볍게 걸어 나갔다.

"잠깐! 지금 걸어가자는 거야?"

"그럼 안 되나요?"

"마법 같은 거 몰라?"

"마법이야 물론 알죠. 이래 봬도 전 드래곤이라고요?"

"인간이 아닌 건 알았는데 드래곤이었어? 하긴 용족 출신 용자이니 부하들도 드래곤이 많은 건 당연하겠지."

"빙룡 프리나스라고 하면 알 만한 이들은 다 알아요. 로이스 님만 모르시는 거죠."

로이스는 픽 웃었다.

"이제라도 알았으면 됐잖아. 그보다 넌 드래곤이라면서 공간 이동 마법진도 펼치지 못하는 거야?"

"그럴 리가 있겠어요? 다만 용자의 운명을 타고난 자가 있는 정확한 좌표는 알 수 없어서 펼치지 못하는 거죠. 지금은 그가 있는 방향만 감지가 된 상태예요."

"그럼 그냥 날아가는 게 어때?"

"뭐가 그렇게 급하시나요? 모처럼 경치가 좋은 대륙에 왔으니 천천히 구경도 하면서 가면 좋잖아요."

프리나스는 환하게 웃으며 주위를 가리켰다.

짙푸른 하늘 아래 아름답게 펼쳐진 초원 지대와 숲, 물이 보석처럼 빛나는 호수.

확실히 그동안 보아 왔던 다른 대륙들에 비해 경치가 뛰어난 건 맞았다. 그러나 로이스는 지금 한가하게 그런 걸 구경이나 할 만큼 여유롭지 않았다.

"난 시간이 많지 않아. 빨리 용자의 운명을 가진 녀석을 찾아내 용자로 만들고 다른 마왕들을 처치하러 가야 되거든. 그러니까 최대한 빨리 날 그곳으로 안내해."

애초에 시간이 많았다면 부하 아이리스를 불러 용자를 찾으라 했을 것이다. 아이리스는 예전에 머맨 왕 칼리스가 용자였던 걸 알아냈으니까.

다만 일일이 얼굴을 보며 확인을 해야 하니 시간이 많이 걸리는 게 문제였다.

그러자 프리나스는 시무룩한 표정을 지으며 고개를 흔들었다.

"싫어요. 빨리 가야 하는 건 로이스 님 사정이죠. 제가 왜 그 뜻에 따라야 하나요?"

성격이 예민하다고 하더니 확실히 그런 모양이었다.

로이스는 이마에 주름을 지으며 한숨을 내쉬었다.

'험하게 다루지 말라고 했으니 혼내면 안 되겠지.'

좋게 말할 때 가라고 협박하면 될 일이지만, 아이언의 얼굴을 봐서라도 그의 부하에게 그렇게 할 수는 없었다.

"이걸 먹어 봐."

로이스는 아공간에서 이슬떡 하나를 꺼내 주며 최대한 사람 좋아 보이는 미소를 지었다.

"그게 뭔데요?"

"이꼬트들이 만든 이슬떡이라는 거야."

"맛있어 보이네요."

"실제로도 맛있어. 먹어 봐."

그러자 프리나스는 이슬떡을 입에 넣고 씹더니 두 눈을 크게 떴다.

"정말이군요. 이렇게 맛있는 떡이 있다니!"

로이스는 회심의 미소를 지었다.

"좀 더 먹고 싶지?"

"네."

"날 빨리 그곳으로 이동시켜 주면 하나 더 줄게."

"좋아요. 그 약속 지켜야 해요."

"물론이야. 반드시 지킨다."

로이스는 속으로 쾌재를 불렀다.

역시! 한 번 맛을 보면 드래곤이라 해도 그 맛에 반해 고분고분하게 만들어 버리는 마성의 음식!

그것은 이슬떡이었다.

"제 등에 타세요, 로이스 님."

프리나스는 곧바로 본체로 변신했다.

스스스.

순간 소녀 프리나스는 사라지고 거대한 아이스 드래곤이 모습을 드러냈다.

전신이 푸른 얼음으로 이루어진 드래곤.

마치 보석으로 조각해 놓은 것처럼 전신에서 빛이 반짝였다.

"본체가 멋지구나."

"후훗, 다들 그렇게 말하죠."

본체로 변신했지만 여전히 소녀의 가녀린 음성이었다.

"좋아. 그럼 신세를 좀 질게."

로이스가 등에 올라타자 프리나스는 상공으로 날아올랐다. 그리고 용자의 운명을 타고 난 자가 있는 쪽으로 비행했다.

그러기를 얼마나 지났을까.

로이스의 안색이 돌연 굳어졌다.

"뭐지? 갑자기 마기가 느껴지는데?"

"저도 느꼈어요."

프리나스도 놀란 듯 대답했다.

"설마 마왕이라도 들어온 건가?"

"틀림없어요. 그런데 마침 그곳이 용자의 운명을 타고난 자가 있는 방향과 일치해요."

로이스는 다급히 외쳤다.

"마왕이 나타났으니 지체할 때가 아니야! 최대한 빨리 날아 봐."

"꽉 잡으세요."

프리나스는 순식간에 상공의 아득한 거리를 주파했다.

마치 순간 이동을 하듯 번쩍! 번쩍! 공간을 뛰어넘었다.

그런데도 제법 시간이 걸린 것은 그만큼 목적지가 멀리 떨어져 있었기 때문이었다.

그러다 막 목적지에 도착했을 때 매우 기괴한 장면을 목격했다.

한 마왕이 다른 마왕들은 물론 마족과 마물들을 학살하고 있었기 때문이다.

"저 마왕 녀석 지금 뭐하는 거지?"

"보시다시피 마왕과 마족, 마물들을 죽이고 있군요."

"마왕이 왜 저런 짓을 하는 걸까?"

"모르겠어요. 저도 처음 보는 광경이거든요. 확실한 건 저 아래 있는 소년이 용자의 운명을 타고났다는 거죠."

"그래?"

"제 직감이 틀리지 않다면 분명해요."

"어서 아래로 내려가자."

"네, 로이스 님."

프리나스는 번쩍 지상으로 이동했다.

활강 따위는 귀찮다는 듯 그대로 지상으로 순간 이동을 한 것이다.

로이스는 훌쩍 그녀의 등에서 뛰어내린 후 이슬떡을 내밀었다.

“수고했어. 약속대로 이걸 받아.”

“고마워요.”

드래곤의 본체가 사라지고 백색 머리의 소녀 프리나스가 나타나 이슬떡을 받아 들고는 환하게 웃음 지었다.

그 모습을 레온을 비롯한 아드리아 대륙의 인물들은 물론이고, 탈락티스 또한 잠시 멍한 표정으로 쳐다봤다.

드래곤이 나타난 것도 신기한 일인데 그 드래곤을 타고 있는 사람이 있다니!

게다가 드래곤이 아름다운 소녀로 변신한 것도 매우 신기한 일이 아닐 수 없었다.

‘저자는?’

탈락티스는 로이스를 알아보고는 깜짝 놀랐다.

‘레카온 님의 후인이 이곳에 나타나다니.’

그때 로이스는 탈락티스를 안중에도 두지 않는 듯 힐끗 한 번 노려보고는 고개를 돌려 레온을 쳐다봤다.

“이봐, 반가워. 난 로이스라고 한다.”

“로이스? 난 레온.”

레온은 반사적으로 자신의 이름을 밝혔다.

그러자 로이스가 미소 지었다.

"레온이라고? 후후, 좋아. 넌 잠깐만 기다리고 있어. 일단 저 마왕부터 해치운 후에 얘기하자."

로이스가 비록 얕보이기 전술을 펼친 상태지만 알 수 없는 위엄이 피어나고 있어 레온은 뭔가 위축되는 기분이었다.

그러나 그보다 로이스라는 이름을 듣자 매우 놀랐다.

특히 레온의 스승인 애꾸 검사 맥스는 놀라다 못해 격동어린 표정을 지었다.

'로이스? 설마 카디나스 님의 혈육인 로이스 님이시란 말인가?'

꿈에도 그리던 바였지만 아직 그는 로이스가 자신이 찾던 그 로이스인지 확신하지 못했다.

카디나스의 외모가 멋지긴 했지만, 지금 로이스는 사람이라 불릴 수 없을 만큼 잘생긴 외모였다. 로이스의 얼굴 어디에서도 카디나스와 닮은 모습을 찾기는 어려웠다.

이는 사실 로이스가 아기 때부터 꽃의 요정 루비아나의 유액을 먹으며 수차례의 환골탈태를 통해 가장 이상적인 외모와 골격으로 변했기 때문이었다.

즉, 지금 로이스의 외모는 태생적으로 물려받은 외모와는 판이할 수밖에 없었다.

그러던 맥스의 두 눈이 돌연 빛났다.

'가만! 저 강렬하면서도 고집스러운 눈빛! 분명 카디나

스 님과 닮았군.'

외모는 달랐지만 눈빛은 그의 로드였던 용자 카디나스와 너무도 비슷했다.

그러나 그는 로이스에게 뭔가를 물어볼 수가 없었다.

그사이 로이스는 중마왕 탈락티스의 앞으로 이동한 상태였으니까.

3로빗이나 되는 거대한 신장. 인간의 얼굴을 하고 있지만 창백한 피부에 음침한 미소를 보니 사악한 흡혈귀 악마를 연상케 했다.

하긴 마왕이니 저런 외모는 당연한 일이리라.

바로 죽일 수도 있지만 한 가지 이해가 되지 않는 일이 있어서 일단 물어보기로 했다.

"넌 뭐하는 녀석이지?"

그러자 탈락티스가 그저 씁쓸히 웃으며 대답했다.

"나는 중마왕 탈락티스라고 한다. 그대를 만나서 다행이군. 기왕 죽으려면 그대의 손에 죽는 게 좋겠지."

"내 손에 죽고 싶다고?"

"그렇다."

"이상한 녀석이군."

"세상엔 이상한 일들이 더없이 많지. 지금 나의 행동 또한 그중 하나일 뿐이니 이상하게 생각할 것 없다."

"좋아. 어차피 난 널 살려 둘 생각이 없어. 다만 죽이기 전에 한 가지만 더 물어보자. 왜 다른 마왕들을 죽인 거냐?"

"나 또한 그대에게 할 말이 하나 있으니 그것부터 들어봐라. 그 얘기를 들으면 내가 왜 그런 짓을 했는지 저절로 이해하게 될 것이다."

"말해 봐."

그러자 탈락티스가 손을 슥 휘저었다.

츠츠츳!

순간 로이스와 탈락티스 주변으로 시커먼 결계가 펼쳐졌다.

"암흑 결계는 왜 펼친 거야?"

"지금 내가 하는 얘기를 다른 자들이 들어서는 안 되기 때문이다."

"대단한 비밀이라도 있는가 보군. 어서 말해 봐."

"내가 짐작컨대 그대는 미스토스 군주 레카온 님의 후인이 분명해. 그렇지 않나?"

로이스는 내심 놀랐다.

지금껏 수많은 이들을 만났지만 자신이 레카온의 후인이라는 것을 알아본 이는 중마왕 탈락티스가 처음이었기 때문이다.

"그걸 어떻게 알아본 거지?"

로이스가 부인하지 않고 인정을 하자 탈락티스는 역시 그럴 줄 알았다는 듯 뭔가 감개무량한 표정을 지었다.

"그대가 믿기 어렵겠지만 나는 레카온 님을 로드로 섬기던 마왕이었다."

"마왕인 그대가 레카온의 부하라고?"

"그렇다."

그러자 로이스는 어이가 없다는 듯 픽 웃으며 탈락티스를 노려봤다.

"지금 내게 무슨 수작을 부리려는 건지 모르지만, 그 따위 말을 나보고 믿으라는 거냐?"

"당연히 믿을 수 없을 것이다. 나 또한 굳이 믿어 달라고 사정하고 싶지는 않다. 다만, 한 가지는 기억해라. 지금 불칸과 제1위 상마왕 프리뭄이 용병계나 용자 진영에 침투시킨 세작을 이용해 절대용자들을 단번에 쓸어버릴 계책을 세운 상태다."

"그놈들이야 항상 뭔가 간계를 꾸미고 있겠지. 그래서 그게 어쨌다는 거지?"

로이스는 시큰둥한 표정으로 대꾸했다.

탈락티스가 눈을 빛내며 말했다.

"그간 내가 파악한 바에 의하면 미스토스 군주들 중 한 명이 프리뭄과 내통을 하고 있다. 세작이 절대용자일 가능성은 매우 낮다. 이건 내가 얻을 수 있는 여러 정보를 종합해서 결론을 내린 것이니 틀림없을 것이다."

로이스는 코웃음 쳤다.

"미스토스 군주 중 하나가 배신을 했다? 그걸 나보고 믿으라는 거냐? 너야말로 날 속여 미스토스 군주들을 의심하게 만들려는 수작을 부리는 것이 분명해."

더 이상 이런 헛소리를 듣고 싶지 않았다. 로이스는 주먹을 번쩍 쳐들고 단번에 탈락티스를 때려죽일 자세를 취했다.

"쓸데없이 시간만 낭비했군. 처음부터 그냥 때려죽였어야 했는데 말이야."

그런데 탈락티스는 이미 죽음을 각오한 터라 뭔가 평온해 보이는 얼굴이었다.

"잊지 마라. 미스토스 군주들 중 다시 절대용자들과 손을 잡자고 가장 적극적으로 추진하는 자가 있으면, 그자가 바로 프리뭄과 내통했을 가능성이 가장 높다는 사실을 말이야."

그 말을 마치고 탈락티스는 로이스를 바라보며 미소 지었다.

"이제 날 죽여라. 그리고 한 가지 더 부탁을 하자면 그대가 불칸을 완전히 이길 자신이 있을 때까지는 섣불리 그대의 존재를 부각시키지 마라. 불칸이 그대를 위험 요인으로 판단하는 순간부터 그대는 어느 한군데 마음 편하게 있기 힘들게 될 것이다."

"걱정해 줘서 고맙군. 불칸은 내가 죽여 줄 테니 넌 이만 사라져라, 마왕. 두 번 다시 부활 따위는 하지 말고."

그 말과 함께 로이스의 주먹이 탈락티스의 가슴을 파고들었다. 힘의 근원인 심장을 박살 내기 위함이었다.

푸확!

그러나 로이스는 심장 부근에서 주먹을 멈췄다.

아무리 생각해도 뭔가 기분이 묘했기 때문이었다.

"대체 넌 정말 누구냐? 어째서 마왕이 용자들의 편을 드는 거지?"

"아까도 말했듯이, 믿기 힘들겠지만 난 레카온 님의 부하다. 마왕들의 간계를 미리 알아내 용자들에게 알려 주는 임무를 받았지. 날 죽이게 되면 한 장의 두루마리가 그대 앞에 나타날 것이다. 그 두루마리에는 대마계 대마왕성이 있는 좌표가 적혀 있다. 언제고 불칸을 공격할 때 반드시 필요할 것이다. 잊지 마라. 그대가 정말 강해지기 전에는 섣불리 그곳을 공격해서는 안 된다는 사실을……."

탈락티스는 어서 죽이라는 듯 다시 눈을 감았다.

순간 로이스는 잠시 고심하는 표정을 짓다가 그대로 손을 뺐다.

"널 죽이지 않겠다, 탈락티스."

"왜인가? 설마 나의 말을 믿게 된 건가?"

탈락티스가 묘하게 웃었다. 로이스는 고개를 끄덕였다.

"비록 직감이지만 네가 진실을 말한다는 것을 느꼈다. 대체 무슨 이유로 마왕인 네가 그 같은 일을 하는지 모르겠지만, 부디 들키지 않게 조심해라."

그냥 직감이라고 말하긴 했지만 사실은 군주의 목걸이가 알려 준 내용 때문이었다.

[군주의 목걸이가 진실을 판별합니다.]

[중마왕 탈락티스의 말은 진실입니다.]

로이스가 잠시 혼란스러워하자 친절하게도 군주의 목걸이가 그 고민을 해결해 준 것이다.

지금까지 로이스를 미스토스 군주의 길로 계속 이끌어 준 운명의 목걸이!

그것이 중마왕 탈락티스의 말이 사실임을 판별해 주었다.

물론 로이스로서는 여전히 받아들이기 힘든 내용이었다.

어떻게 마왕이, 그것도 하급 마왕도 아닌 중마왕이 불칸을 배신한 채 용자들의 승리를 바라고 있는 것일까?

'레카온의 능력은 대단했군. 마왕조차 부하로 부리다니!'

왠지 미스토스 군주 레카온에 대해 존경심이 들었다.

"뭐해? 그만 가 봐라. 난 널 죽이지 않겠다."

로이스가 말하자 탈락티스는 씁쓸히 웃으며 고개를 흔들었다.

"날 믿어 준 건 고맙다. 그러나 난 여기서 죽어야 한다. 그렇지 않으면 의심을 받게 된다."

"그게 무슨 소리지?"

"제1위 상마왕 프리뭄이 날 예의 주시하고 있는 상황이고 난 이미 의심받을 만한 일을 하고 말았다. 여기서 죽는다면 그 일은 그냥 묻히겠지만 살아서 돌아간다면 난 프리뭄의 추궁을 받아 모든 걸 실토하게 되고 말 것이다."

그러자 로이스가 탈락티스를 슥 노려보며 말했다.

"그럼 돌아가지 말고 내 부하가 되는 게 어때?"

"크하하하! 아무리 레카온 님의 후인이라 해도 나 중마왕 탈락티스에게 그런 말을 하다니! 그대가 과연 나의 주인이 될 자격이 있다 생각하느냐?"

"그럼 너의 주인이 될 자격이 뭔지 말해 봐."

로이스는 당연히 자신에게 그러한 자격이 있을 것이라 확신하는 듯 자신 있는 표정을 지었다.

탈락티스는 그런 로이스의 당당하면서도 자신 넘치는 모습이 마음에 들어 다시금 크게 웃었다.

“그대의 기질은 레카온 님 못지않다. 정말로 내게 기회가 주어졌다면 그대를 주인으로 섬겼을지도 모르지. 하지만 지금 나는 죽어야 한다.”

“왜 계속 죽으려고 하는 거지?”

“죽어야 다시 나중에 중마왕으로 부활하게 될 거고, 그때도 지금처럼 용자들을 위해 암중에서 도움을 줄 수 있게 될 것이기 때문이다.”

“또 부활한다고? 언제?”

“불칸이 부활하게 되면 그간 죽었던 상마왕들이나 중마왕들은 모두 부활하게 된다.”

“만약 불칸이 소멸되어 두 번 다시 부활하지 못하게 된다면?”

“그럼 난 영원히 죽어 사라지겠지. 부디 그렇게 되기를 바랄 뿐이다.”

탈락티스는 비장한 표정으로 말했다. 로이스가 씩 웃었다.

“그럼 죽지 마. 아니, 죽을 필요가 없어.”

"그게 무슨 말인가?"

"불칸은 내 손에 소멸될 거야. 그러니 넌 두 번 다시 그 놈의 밑에서 마음 졸이며 첩자 노릇을 할 필요가 없다."

"……!"

"이제부터 나의 부하가 되어 마궁을 관리해 줘. 중마왕인 네가 마궁들을 관리하면 그것도 내게 큰 힘이 될 거야."

로이스의 말에 탈락티스는 벼락이라도 맞은 듯 세차게 몸을 떨었다.

'죽을 필요가 없다고? 불칸을 소멸시켜 버리겠다고?'

그건 레카온도 하지 못했던 엄청난 일이었다.

그런데 로이스는 너무도 자신 있게 할 수 있다 말하고 있었다.

뭔가 터무니없어 보이면서도 왠지 그렇게 될지도 모른다는 알 수 없는 확신이 드는 이유는 무엇일까?

로이스가 탈락티스를 노려봤다.

"뭘 계속 망설이는 거냐? 내가 불칸을 해치우지 못할 것 같아?"

"그게 아니라……."

"나의 부하가 되어 용자들에게 도움을 줘라. 네가 가진 대마계에 대한 많은 지식은 분명 용자들에게 큰 도움이 될 테니까. 대마왕궁의 좌표도 그중의 하나겠지."

순간 탈락티스의 입가에 미소가 피어났다. 로이스를 바라보는 그의 두 눈은 격동으로 물들어 있었다. 그것은 짙은 경외심이 깃든 눈빛이었다.

"제가 당신의 부하가 되면 대마왕성의 좌표는 바뀌게 될 겁니다. 제가 배신을 하는 순간 불칸이 즉각 대마왕성을 다른 곳으로 숨겨 버릴 테니까요."

그래서일까? 그는 자신도 모르게 로이스를 향해 존대를 하고 있었다.

"그럼 또 찾아내면 되잖아. 용자들의 부하들 중에는 현자들도 많이 있거든."

무슨 걱정이냐는 듯 빙그레 웃음을 짓고 있는 로이스를 보며 탈락티스는 뭔가 뭉클한 기분이 들었다.

'정말로 불칸이 이분에 의해 소멸된다면, 난 굳이 죽을 필요가 없다. 살아서 조금이라도 도움이 되는 것이 나을 것이다.'

그런 생각이 든 순간 탈락티스는 지체하지 않았다.

"그럼 저의 주인이 되실 만한 자격이 무엇인지 말씀드리겠습니다."

"좋아 말해 봐."

로이스는 드디어 탈락티스의 마음이 바뀌었다 생각해 흐뭇하게 고개를 끄덕였다.

"저와 전투를 벌여 승리하시면 됩니다."

"그런 거라면 얼마든지."

"조심하십시오. 저는 지금껏 힘을 다 드러낸 적이 없습니다. 전력을 다했다면 제10위 중마왕 안에 들었을 것입니다."

"그렇다니 더욱 반가운 일이군."

로이스는 반색했다.

대마계 제10위 중마왕 급의 부하가 생긴다면 전력에 매우 큰 도움이 될 것이다.

"그럼 어서 덤벼!"

"제가 먼저 공격합니까?"

로이스는 팔짱을 낀 채로 여유롭게 웃었다.

"내가 먼저 공격하면 네겐 기회도 없어."

"흐흐, 좋습니다. 조심하십시오!"

탈락티스가 윙 블레이드를 차크람으로 변신시켜 로이스를 향해 날렸다.

촤라라락! 파파파팟—

수백 개도 넘는 차크람들이 공간을 가득 메웠다.

'오! 차크람?'

로이스의 두 눈이 휘둥그레 커졌다.

윙 블레이드를 차크람으로 형상화해 펼치다니!

수백 개나 되는 차크람 각각의 위력이 윙 블레이드와 동일했다.

'중마왕 10위가 아니라 그 이상이야. 겸손하게 말을 했군.'

딱 봐도 로이스의 손에 죽은 스펠룬카 못지않았다.

비록 상마왕 바스모에 미치지는 못하지만 중마왕 중에서는 최강이라 할 만한 전투력! 그러나 로이스는 이미 스펠룬카나 바스모와 싸울 때에 비해 두 배 이상 강해진 터였다.

퍽!

빛살처럼 쇄도하는 차크람들 사이를 가볍게 뚫고 들어가 슬쩍 안면을 강타.

"커어억!"

단 한 방을 맞았을 뿐인데 탈락티스는 맥이 탁 풀렸다.

얼굴 한쪽이 뭉개져 버린 것도 모자라 충격으로 그의 몸 전체에 균열이 일기 시작했다.

'으으! 점점 더 충격이 강해지고 있어. 자칫하다간 끝장이다.'

로이스의 주먹에 맞은 충격파가 아직도 그의 신체를 마구 휘젓고 있는 상태였다.

탈락티스는 사력을 다해 마력을 모아 신체를 복구했다.

"어때? 이 정도면 너의 주인이 될 자격이 있어? 좀 부족한가?"

로이스가 약간은 험악한 표정을 지으며 말했다. 그렇다고 대답하면 몇 대 더 때릴 기세였다.

"크으윽! 아, 아닙니다. 자격은 충분합니다."

"너무 쉽게 인정하면 싱겁잖아."

로이스가 아쉬워하는 표정을 짓자 탈락티스는 인상을 구겼다.

"아이고! 그래도 대결인데 이렇게 막 치시깁니까? 하마터면 죽을 뻔했습니다."

"최대한 천천히 쳤는데?"

로이스는 전투력이 최근 더 급증한 상태라 자신의 힘이 어느 정도인지 완전히 파악을 못 한 터였다.

사정을 봐준다고 나름대로 조심해서 친 건데 탈락티스가 죽을 뻔했다니!

'앞으로 힘 조절이 더 필요하겠군.'

그때 탈락티스가 감개무량한 표정을 짓더니 로이스 앞에 부복하며 외쳤다.

"로이스 님! 역시 저를 실망시키지 않으시는군요. 당신의 부하가 되겠습니다. 부디 저를 받아 주십시오."

"좋아. 넌 이제부터 내 부하다, 탈락티스."

그 순간 군주의 목걸이가 빛났다.

Chapter 2
마왕을 부하로!

[대마계 제100위 중마왕 탈락티스가 당신의 부하가 되었습니다.]

[미스토스의 은총이 당신의 노력에 대한 보상을 줍니다.]

[레벨이 올랐습니다.]

[당신의 레벨이 상급 42가 되었습니다.]

[당신의 전투력이 대폭 상승했습니다.]

[당신의 최대 맷집과 최대 미흐가 대폭 증가합니다.]

[미스토스 60000카퍼스를 얻었습니다.]

놀랍게도 레벨이 올랐다.

게다가 대량의 미스토스까지!

물론 결투를 벌여 승리하긴 했지만, 단순히 결투를 한 것으로 미스토스가 상승한 적은 거의 없었다.

다켈이나 스텔라 등과 결투를 벌여 승리했을 때도 미스토스는 오르지 않았으니까.

아마도 탈락티스를 굴복시켜 부하로 만든 것 때문이리라.

아무리 그래도 이토록 대단한 보상이 주어지다니!

이는 탈락티스가 그만큼 강력한 마왕임을 의미했다.

그사이 탈락티스는 간신히 신체를 복원하긴 했지만 왼쪽 안면에는 여전히 그 여파가 남아 퉁퉁 부어 있었다.

이는 마치 쉽게 풀리지 않는 저주와 비슷한 여파였다.

로이스의 주먹이 가진 파괴력이 그만큼 무시무시했던 것이다.

그러다 보니 탈락티스가 마력을 총동원해도 쉽게 가라앉지 않았다.

'정상으로 돌아오려면 한참 걸리겠구나.'

탈락티스는 울상을 지으며 왼뺨을 손으로 문질거리고 있었다. 그 모습이 왠지 불쌍해 보여 로이스가 슬쩍 물었다.

"얼굴은 괜찮아?"

"버틸 만합니다."

"포션 좀 줄까?"

"그런 걸로 가라앉을 거였으면 제가 이미 치료했을 겁니다."

"릴리아나에게 가서 미스토스로 치료해 달라고 하면 될 거야."

"아닙니다. 저 같은 것이 어떻게 그곳을? 저는 그냥 마궁으로 돌아가서 쉬겠습니다. 그곳에 가면 회복이 빨라집니다."

"마족 란델이라고 있는데 그 녀석도 꽃밭에서 잘 지내고 있어. 앞으로 네가 동생처럼 잘 돌봐 줘."

"흐흐, 그런 거라면 염려 마십시오."

마궁들에 권속 마족들이야 수두룩하게 많지만 로이스가 직속 부하로 들인 마족은 란델뿐이었다.

"상마궁 바스모도 네가 관리해. 그 이하로 마궁들이 꽤 많으니 잘 살펴봐."

"상마궁이라고요! 그게 정말입니까?"

탈락티스의 두 눈이 휘둥그레 커졌다.

"바스모를 해치우고 그놈의 마궁을 내가 접수했어. 귀찮아서 이름은 그냥 바스모라고 지어 놨거든. 그래도 넌 마왕이니까 마궁 운영을 잘할 수 있겠지."

"흐흐, 물론입니다. 상마궁이 있으면 휘하 마궁들을 모두 연결해서 강력한 마계의 권역을 구축할 수 있습니다. 상마왕들이 나타나도 충분히 방어해 낼 수 있을 겁니다."

"불칸이 나타나면?"

"그땐 로드께서 오셔야죠. 제 힘으로는 불가능합니다."

"그렇군."

"그리고 지금은 최대한 대마계에서 로드의 권역을 숨겨두겠습니다. 섣불리 불칸의 눈에 띄어 공격해 오기라도 한다면 골치가 아프거든요."

"그런 건 알아서 해. 그리고 넌 이제 내 부하가 됐으니 죽어도 릴리아나의 꽃밭에서 부활할 거야. 그렇다고 막 죽어도 된다는 얘기는 아니지만."

그러자 탈락티스가 돌연 눈을 빛냈다.

"그렇다면 저를 한 번만 죽여 주십시오, 로드."

"죽여 달라고?"

"불칸과 프리뭄 등을 속이기 위함입니다."

"네가 내게 죽은 것처럼 하겠다는 거군."

"계속 속일 수는 없겠지만 당분간이라도 그들을 속일 수 있다면 마궁들을 관리하기가 더 편할 것입니다."

"나쁘지 않은 생각이네."

"참, 밖에 있는 마족과 마물들도 몽땅 데려가 마궁들의 권속으로 부리겠습니다."

"그렇게 해라."

"지금 중마왕들이 프리뭄의 지시를 받아 각종 소세계를 피로 물들이고 있을 겁니다. 아드리아 대륙은 로드로 인해 그런 재앙을 면했지만 다른 대륙들은 얼마나 처참한 지경일지 모르겠군요."

로이스도 탄식했다.

"아는 용자들과 함께 나도 최선을 다해 막아 볼게. 다 구해 주진 못하겠지만."

"저도 언제든 필요하면 불러 주십시오, 로드. 일단은 어서 저를 죽여 주십시오."

"가면 릴리아나가 반겨 줄 거야."

로이스가 주먹으로 탈락티스의 상체를 후려갈겼다.

퍽!

탈락티스는 가루로 변해 흩어졌다.

스스스.

그러자 곧바로 암흑 결계는 사라졌다.

그사이 레온을 비롯한 아드리아 대륙의 인간들과 이종족들, 그리고 그들의 동맹인 몬스터족들은 부상자들을 추려내고 치료하는 등 바쁘게 움직이고 있었다.

그러다 로이스가 다시 모습을 드러내자 애꾸 검사 맥스

가 다급히 달려와 물었다.

"당신은 용자 카디나스 님과 무슨 관계이십니까?"

기침을 쿨럭이며 로이스를 바라보는 그의 몸은 금세라도 쓰러질 듯 위태해 보였다. 그러나 눈빛만은 강렬히 빛났다. 무언가 기대감이 가득 담긴 눈빛이었다.

로이스는 그를 노려봤다.

"그러는 그대야말로 누구지?"

"저는 기사 맥스라고 합니다. 용자 카디나스 님의 기사였습니다."

그러자 로이스의 두 눈이 커졌다.

"그대가 아버지의 기사였다고?"

"오오! 아버지라면! 당신은 역시 로드의 혈육이신 로이스 님이 분명하군요. 그 눈빛이 로드를 똑 닮아서 저는 확신했습니다."

그의 말에 소년 레온을 비롯해 수많은 이들이 몰려들어 로이스를 바라봤다. 그들의 눈에는 로이스에 대한 존경심이 가득했다.

"드디어 용자께서 저희를 찾아오셨군요."

"정말로 애타게 기다렸습니다."

"아드리아 대륙의 용자가 되어 주십시오, 로이스 님!"

단순히 로이스가 용자 카디나스의 아들이라는 것 때문에

그들이 로이스를 인정한 것은 아니었다.

전설의 드래곤을 타고 나타나 마왕을 단숨에 해치워 버린 놀라운 능력도 한몫했다.

물론 로이스가 탈락티스를 해치운 것은 아니다.

그러나 암흑 결계에 들어갔다가 로이스만 나왔으니 모두들 탈락티스가 죽임을 당한 것이라 생각하는 건 당연했다.

로이스는 맥스를 향해 미소 지었다.

"그대에게 듣고 싶은 게 많아, 맥스."

부친에 대한 얘기뿐 아니라, 모친에 대한 얘기도.

"제가 아는 것이라면 뭐든 말씀드리겠습니다."

맥스 또한 로이스와 하고 싶은 얘기가 많은 눈치였다.

하긴 용자 카디나스의 기사 중 유일하게 살아남은 그에게 얼마나 사연이 많겠는가.

그러나 지금 이 자리에서 그런 걸 다 들을 수는 없는 일.

빨리 아드리아 대륙의 일을 마무리하고 다른 대륙들을 돌아봐야 하기 때문이다.

로이스는 궁금한 것들은 나중에 여유가 있을 때 시간을 두고 들어 보기로 했다.

"하지만 지금 나는 용자가 되기 위해 이곳에 온 것이 아니야. 난 용자가 아닌 다른 운명을 타고 났거든."

"그게 무슨 말씀이십니까? 카디나스 님의 혈육인 로이스 님이 아니시면 누가 아드리아 대륙의 용자가 되겠습니까?"

맥스뿐 아니라 모두가 그렇게 생각하는 듯했다.

로이스는 레온을 가리키며 말했다.

"현자 프리나스가 알려 줬어. 여기 있는 레온이 용자의 운명을 타고났다고. 그래서 난 그걸 알려 주고 레온이 용자로서 강해지도록 돕기 위해 온 거야."

"그럴 리가!"

맥스는 물론 레온 역시 말도 안 된다는 표정으로 로이스를 쳐다봤다.

그러자 프리나스가 다가와 말했다.

"레온! 그대는 이미 스스로가 가진 운명에 대해 알고 있었을 것이다. 어째서 스스로를 감추고 있는 거지?"

"나, 나는……."

레온이 당혹스러워하는 표정을 지었다.

사실 그는 언제부턴가 마음 깊은 곳으로부터 용자로서의 운명을 받아들이라는 말을 들어 왔다.

그러나 그의 스승인 맥스가 아드리아 대륙의 용자는 카디나스의 아들인 로이스라고 했기 때문에 지금껏 자신의 운명을 부인해 온 것이었다.

지금도 마찬가지였다.

"그럴 리가 없습니다. 어째서 저 같은 것이 용자가……."

"그렇습니다. 레온은 용자의 기사가 되기 위해 훈련을 받았습니다. 기사 시엔의 아들인 레온이 어찌 용자가 될 수 있다는 말입니까?"

맥스 또한 이 사실을 받아들이려 하지 않았다.

그러자 프리나스가 어깨를 으쓱하며 로이스를 쳐다봤다.

"어쩌실 거죠?"

"어쩌긴. 레온을 용자로 만들어야지."

로이스는 방금 전 레온이 기사 시엔의 아들이라는 말을 들었을 때 뭔가 뭉클한 감정이 들었다.

그가 아기였을 때 그를 구출해 멀리 라키아 대륙의 체란 산으로 이동했던 이가 바로 시엔이었기 때문이다.

기억의 복도를 통해 그 모습을 똑똑히 보았었다.

기사 시엔이 자신을 구하기 위해 미노타우루스와 혈투를 벌이던 장면도. 결국 시엔은 루비아나에게 로이스를 넘겨준 후 숨을 거두었다.

그녀가 아니었다면 지금의 로이스도 없었을 것이다.

그런 생명의 은인의 아들이 바로 레온이었다.

로이스는 레온의 어깨를 잡으며 다정스럽게 말했다.

"운명을 받아들여라, 레온. 망설일수록 아드리아 대륙은 위험해질 거야. 네가 용자가 되어 그 어떤 마왕이 와도 막아 낼 만큼 강해지지 않으면, 아까처럼 언제 또 마왕들이 이곳을 침공해 올지 몰라."

"로이스 님, 하지만……."

"난 미스토스 군주가 될 운명을 타고 났어. 용자는 아니지만 용자들과 함께 수많은 세상을 지켜야 하는 운명이야. 그러니 아드리아 대륙은 레온 네가 맡아라. 힘든 일이 있을 땐 내가 도와줄 테니 겁내지 마."

"하지만, 제가 어찌……."

순간 로이스가 못마땅한 표정을 지었다.

"넌 결단력이 좀 부족해 보이는군. 자신을 가져! 운명을 떠나서라도 너 정도 용맹을 가진 녀석이라면 충분히 용자가 될 자격이 있어."

"죄송합니다. 하지만 아무리 생각해도 저는 용자가 되기에 부족합니다. 그러니……."

결국 로이스의 눈빛이 차갑게 번뜩였다. 그는 멀리 있는 산을 향해 슬쩍 주먹을 휘둘렀다.

콰아아앙! 우르르르…….

놀랍게도 산봉우리 하나가 그대로 무너져 내렸다.

로이스는 속으로 한숨을 내쉬었다.

'이렇게까지 하고 싶지는 않았는데. 어째서 다들 좋게 말하면 말을 듣지 않는 거냐.'

공간의 격!

직접 후려치는 것에 비하면 위력이 거의 없지만, 로이스의 레벨이 워낙 높아서 이젠 공간의 격으로 산 하나 무너뜨리는 건 일도 아니었다.

그것도 최대한 천천히 후려친 것이 저 정도였으니!

"허억!"

"저, 저럴 수가!"

하지만 그것만으로도 다들 경악했다. 지금 로이스가 보여 준 건 그랜드 마스터들이라 해도 흉내 내기 힘든 초월적인 영역에 속해 있었기 때문이다.

"손짓으로 산을 무너뜨렸다!"

"과연 마왕을 해치우실 만한 분이시다!"

모두들 경탄하면서도 두려움이 가득한 표정으로 로이스를 쳐다봤다. 레온도 마찬가지였다.

"마지막으로 묻겠다. 용자로서의 운명을 받아들이겠느냐? 아니면……."

순간 로이스의 두 눈에서 가공할 만한 한광이 폭사되었다.

츠츠츠츠!

일시적으로 얕보이기 전술을 해제해 6단계 포식자의 위압을 드러내 보인 것으로, 이 앞에서는 하급 마왕들도 두려워 떨게 되어 있다.

여기서 로이스가 분노하면 8단계 포식자의 위압이 발동되는데, 그것은 상마왕들이라 해도 두려움에 떨게 만드는 것이라, 어지간한 인간들은 공포에 놀라 즉사해 버릴지도 모른다.

그러나 지금 자동 발동되는 6단계 포식자의 위압만 해도 모두를 경악하게 만들기 충분했다.

"네가 용자가 되지 않으면 어차피 여긴 마왕들에게 짓밟힐 것이다. 그 꼴을 보느니 차라리 내가 다 죽여 버리겠다. 일단 너부터 죽이고 말이야."

로이스는 물론 진심이 아니었다.

레온과 같이 우유부단한 녀석에게는 이런 식으로 말해야 결단을 내리는 데 도움이 될 것임을 알기에 짐짓 그럴듯하게 협박해 본 것이다.

그러나 포식자의 위압에 기겁한 레온에게는 그 말이 장난이나 단순한 협박 같지가 않았다.

정말로 로이스가 그렇게 할 것 같이 느껴졌던 것이다.

그러자 옆에 있던 맥스도 기겁했다.

"뭐, 뭣 하느냐, 레온? 어서 로이스 님의 말씀을 따르지 않고!"

다른 사람들은 물론 이종족들과 몬스터들도 모두들 다급한 표정으로 레온을 쳐다봤다.

"뭐하십니까, 레온 님!"

"어서 로이스 님의 명령을 따르십시오!"

"크흐흑! 이러다 저희들도 다 죽습니다요."

"받아들이겠습니다! 용자가 되겠습니다!"

결국 레온이 크게 외쳤다. 운명을 받아들인다는 사명감도 있지만, 그보다는 로이스가 아드리아 대륙을 멸망시키지 못하게 막겠다는 이유가 더 컸다.

그러자 로이스의 표정이 언제 그랬냐는 듯 부드럽게 변했다.

다시 얕보이기 전술을 펼친 터라 포식자의 위압도 사라진 상태였다.

"잘 생각했어, 레온. 앞으로 넌 매우 좋은 용자가 될 거야."

당연히 그렇게 될 것이다. 다른 대륙도 아니고 아드리아 대륙의 용자라면 적어도 절대용자쯤은 되어야 어디 가서 그곳 출신이라 말해도 창피하지 않을 테니까.

'이 녀석에게 특별 훈련을 시켜서라도 무조건 절대용자로 만들어야지.'

그때 레온은 군기가 잘 든 훈련병과 같은 표정으로 로이스를 바라보며 물었다.

"이제 제가 어떻게 해야 합니까?"

"용자의 운명을 받아들였으니 용자의 성을 세워라."

"그건 어떻게 해야 하는 것인지요?"

"총사를 만나면 그가 다 알아서 할 거야. 넌 열심히 미스토스를 쌓기만 하면 되는 거고. 하긴 너도 용자의 기사로 훈련받았다고 했으니 이 정도는 알고 있겠지?"

"예, 그 정도는 알고 있지만 대체 총사를 어디에 가서 찾아야 할지 모르겠습니다."

레온은 머리를 긁적였다. 로이스가 힐끗 프리나스를 가리키며 말했다.

"염려 마. 그건 저기 있는 현자가 알려 줄 거야. 프리나스! 어서 총사가 있는 곳을 말해 줘."

그러자 프리나스가 시큰둥한 표정으로 고개를 흔들었다.

"싫은데요."

"이슬떡 줄게."

"좋아요."

먹을 것 앞에서 이렇게 순식간에 태도가 돌변하는 단순한 현자.

그녀의 이름은 프리나스였다.

"어서 이슬떡을 주세요."

로이스는 이슬떡을 건네며 못마땅한 표정으로 말했다.

"어디 가서 현자라고 하지 마."

프리나스는 이슬떡을 입에 쏙 넣고는 헤헤 미소 지었다.

"한 번도 제 입으로 그래 본 적 없어요. 남들이 저를 그냥 현자라고 부른다고요. 귀찮아 죽을 지경이에요."

"알았으니 어서 종사나 찾아."

"네."

프리나스는 명상을 통해 방향을 찾으려는지 두 눈을 감았다.

그리고는 곧바로 눈을 떴다.

"뜻밖에도 아주 가까이 있네요."

"그래? 잘됐군. 당장 그곳으로 안내해."

"안내라고 할 것도 없어요. 바로 저기 있어요."

프리나스의 손가락에서 나비 형상의 발광체가 생겨나 훌훌 날아가더니 한 코볼트 주술사의 어깨 위에 앉았다.

"몬스터라고?"

"네. 저의 직감이 틀리지 않다면 바로 저 코볼트가 용자 레온의 종사가 될 거예요."

그러자 로이스는 곧바로 그 코볼트를 불렀다.

"이름이 뭐냐?"

"카크라드입니다."

"네가 용자의 종사가 될 운명인 걸 알고 있었나?"

"어렴풋이 짐작은 했지만 확신할 수는 없었습니다."

카크라드는 뿔테 안경을 끼고 있었는데 못생긴 외모와는 달리 눈빛은 제법 총명해 보였다.

그러나 로이스가 모르고 있을 뿐.

주술사 카크라드는 아드리아 대륙의 몬스터들 사이에서 전설적인 존재였다.

뛰어난 지략과 주술로 몬스터들의 로드로 군림하고 있었으니까.

아드리아 대륙에 오우거나 리자드맨 중에 로드가 나온 적은 있었지만, 코볼트가 로드로 군림한 건 카크라드가 최초였다.

레온이 몬스터족과 통합을 이룰 수 있었던 것도 모두 카크라드가 협조해서 가능했던 일.

둘은 인간과 몬스터를 초월해서 친구가 되기도 한 터였다.

그래서일까?

레온은 카크라드를 보며 반색했다.

"카크라드! 네가 총사가 될 운명이라니 정말 놀랍구나."

"카캇! 실은 은연중에 네가 용자가 될 거라 예감은 했었다. 때가 아니라 섣불리 말은 하지 못했지만 말이야."

"앞으로 잘 부탁해."

"나야말로 잘 부탁한다, 레온. 오늘까지는 친구이지만 앞으로 난 총사로서 용자인 네게 깍듯이 대할 것이다."

"굳이 그럴 필요까지는 없어."

"네가 싫다고 해도 그렇게 해야 한다. 너는 아드리아 대륙에서 가장 고귀한 존재가 된 것이다, 레온."

"그래도 난 친구인 네가 더 좋다."

"그 마음 변치 마라, 카캇!"

로이스가 레온과 카크라드의 대화를 들어 보니 아직은 뭔가 철없는 아이들 같은 느낌이 들었다. 로이스는 불쑥 카크라드를 향해 물었다.

"그런데 너 진짜 총사 맞아? 시작은 집사로 할 텐데?"

"그, 그게 실은 집사가 맞습니다."

카크라드는 움찔하며 대답했다. 로이스는 그럴 줄 알았다는 듯 미소 지었다.

"처음엔 다 그런 거야. 열심히 하면 집사에서 총사로 각성하게 될 테니 너무 주눅 들지 마라."

"저는 아직 집사로서 어떻게 해야 잘할 수 있는지도 잘 모르겠습니다."

카크라드는 울상을 지었다. 로이스는 힐끗 프리나스를 가리켰다.

"저기 현자가 있잖아. 모르면 가서 물어봐."

"네, 로이스 님."

카크라드는 곧바로 프리나스에게 갔다.

"현자 프리나스 님, 부디 제게 가르침을……."

"됐으니 조용히 꺼져. 귀찮게 하면 혼난다."

그렇게 나올 줄 알았다. 로이스는 아공간에서 이슬떡을 꺼내 프리나스에게 던졌다.

그러자 프리나스가 기다렸다는 듯 입을 벌려 이슬떡을 쏙 받아먹더니 빙긋 웃었다.

"뭐가 궁금한가, 용자의 집사여!"

갑자기 그녀가 너무도 선량하면서도 순진무구해 보이는 미소를 지으며 말하자 카크라드는 어이가 없었다.

그러나 그는 눈치가 매우 빨랐다. 재빨리 허리춤에 맨 가방에서 큼직한 푸른 병 하나를 꺼내 내밀었다.

원래는 레온과 나눠 마시려 했던 거지만.

"이꼬트들에게 이슬떡이 있다면, 저희 코볼트들에겐 러가므가 있죠."

"러가므?"

"카캇! 아드리아 대륙의 좋은 기운만을 담아 만든 술입니다. 맛이 기막힙니다."

"그래?"

곧바로 프리나스는 러가므를 홀짝 한 모금 마셔 보고는 안색이 환해졌다.

무척 향긋하면서도 부드러운 술이었다.

"뭐가 중요한지 잘 아는 녀석이로군. 앞으로 유능한 종사가 될 것 같구나."

"좋게 봐 주셔서 감사합니다."

"뭐든 물어봐. 다 알려 주겠어."

"우선 용자의 성부터……."

"용자의 성터로 이동한 후 미스토스를 이용해 성을 만들면 돼. 참 쉽지?"

"쉽긴 한데 그 성터가 어디에 있는지 모르겠습니다."

그러자 뒤에서 듣고 있던 애꾸 검사 맥스가 말했다.

"그곳은 내가 아주 잘 알고 있다."

어찌 그가 그곳을 모르겠는가. 그곳에 용자의 성이 존재할 때 용자의 용맹한 기사였으니까.

레온과 카크라드가 반색했다.

"어서 그곳을 알려 주십시오, 스승님."

"맥스 님께서 용자의 기사이셨다는 걸 깜빡했군요."

맥스는 힘없이 미소 지었다.

"지도를 그려 줄 테니 잘 찾아가거라. 그곳은 이곳에서 매우 먼 곳이야. 사파룬 대륙으로 가야 하기 때문이다."

"사파룬 대륙이라면?"

"아드리아 대륙 서쪽 끝에 있다는 그 보랏빛 구름 지대 너머를 말하는 것입니까?"

"그렇다. 그 근처로는 마나의 흐름이 불규칙해 포탈도 함부로 만들 수 없으니 걸어가야 한다. 보다시피 난 몸이 매우 불편해 함께 가지 못하겠구나. 쿨룩!"

용자 카디나스가 죽을 때 맥스 역시 마왕의 저주로 인해 마나가 대거 흩어져 버린 터였다. 운 좋게도 간신히 살아남긴 했지만 여전히 저주는 남아 있었고, 갈수록 그의 몸은 쇠약해져 갔다.

아드리아 대륙에서 난다 긴다 하는 의원들은 물론 심지어 신성력을 얻었다는 사제들도 그 저주를 풀지 못했다.

그만큼 마왕의 저주는 무서웠다.

최근에는 그나마 남아 있던 마나도 점점 사라져 갔다.

한쪽 시력도 잃어버렸다. 심지어 그 눈은 시커멓게 변해 안대로 가려야 했다.

놀랍게도 그런 와중에도 맥스는 아까 마족들을 상대로 밀리지 않았다.

그것을 보면 그가 본래 얼마나 강했을지 짐작이 가리라.

용자 카디나스 휘하 최강의 기사!

어지간한 하급 마왕쯤은 충분히 격퇴할 만큼 막강한 실력을 지녔던 그가 지금은 이렇게 병으로 죽어 가고 있는 것이다.

로이스가 힐끗 그 모습을 보더니 말했다.

"저런 건 용자가 미스토스를 통해 쉽게 치료할 수 있는 거 아니야?"

"맞아요. 소량의 미스토스만 있으면 아주 간단하게 회복될걸요?"

프리나스가 고개를 끄덕였다.

그러자 레온이 깜짝 놀라며 물었다.

"그게 정말입니까? 미스토스만 있으면 스승님의 몸에 있는 저주를 없앨 수 있다고요?"

"그런 건 아주 간단한 일이야. 그것 말고도 미스토스로 할 수 있는 일은 엄청나게 많지."

"맞아요. 미스토스를 쌓으면 용자로서 알아야 할 지식들도 저절로 알게 되고 또 많은 능력들을 각성하게 되죠."

프리나스도 고개를 끄덕이며 말했다. 레온이 눈을 빛냈다.

"미스토스를 쌓으려면 어떻게 해야 하는지 알려 주십시오."

로이스는 팔짱을 낀 채 잠시 고심하다가 대답했다.

"본래라면 네가 알아서 조금씩 미스토스를 쌓도록 놔뒀을 거야. 처음엔 어떤 용자든 우물 하나 없는 초라한 집부터 시작하는 게 정상이니까. 하지만 지금은 대마왕 불칸이 부활했고 마왕들이 수많은 세계를 피로 물들이고 있어. 천천히 지켜볼 시간이 없으니 네가 빨리 용자의 성을 세우도록 내가 도와주겠다."

"감사합니다, 로이스 님."

"일단 날 용병으로 고용해. 100카퍼스 정도는 금방 쌓일 거야."

그러자 집사 카크라드가 반색했다.

"정말로 용병이 되어 주시는 겁니까?"

"잠깐뿐이야. 난 미스토스 상급 기사로 본래는 고용료가 엄청나게 비싸지만 특별히 무료로 해 준다."

용병패에 적힌 로이스의 고용료는 무려 500카퍼스!

그런 미스토스가 레온에게 있었다면 지금 굳이 로이스를 고용할 필요도 없을 것이다.

"그럼 정식으로 다시 묻겠습니다. 미스토스 상급 기사 로이스 님! 당신은 용자 레온 님의 용병이 되어 주시겠습니까?"

그사이 카크라드가 집사로서 약간의 각성을 했는지 두 눈을 장엄하게 빛내며 물었다.

[용자의 용병이 되면 대량의 미스토스를 획득할 수 있는 기회를 얻게 됩니다.]

[당신은 용자 레온의 용병이 되는 것을 수락하겠습니까?]

[수락한다./거절한다.]

항상 그렇듯 군주의 목걸이에서도 용병이 될 거냐고 묻는 내용이 나왔다.

"용병이 되겠다."

그러자 군주의 목걸이가 다시 빛났다.

[당신은 용자 레온의 용병이 되었습니다.]

[그러나 용병 계약은 당신을 구속하지 않습니다.]

[당신이 원하면 언제든 용병 계약을 해지할 수 있습니다.]

이어서 알 수 없는 신비한 광채가 로이스의 몸을 뒤덮었다.

[미스토스 상급 기사로서 용자 레온의 용병이 된 당신에게 특별한 축복이 임합니다.]

[빛나는 신념의 날개를 얻었습니다.]

Chapter 3
빛나는 신념의 날개

* 빛나는 신념의 날개

—미스토스 세계에서 아주 드물게 나타나는 특별한 축복.

—당신과 권속들의 모든 미스토스 소모량이 50% 감소함.

—용자 레온과 용병 계약이 지속되는 한 이 축복은 계속 됨.

'오! 이것은?'

모든 미스토스 소모량이 50%감소하다니!

전투에 직접적으로 도움이 되는 건 아니지만, 미스토스를 사용함에 있어서는 이보다 좋은 축복이 없었다.

미스토스 정령을 고용하는 것은 물론이고, 미스토스 방어 결계를 펼치거나, 기타 어떤 것이든 미스토스가 본래보다 절반만 소모된다는 것이니!

이렇게 따지면 로이스의 총 미스토스 보유량이 방금 전에 비해 두 배로 증가한 것이나 다름없는 것이다.

"후후, 난 그럼 어서 미스토스를 쌓으러 가겠다. 프리나스! 넌 포탈을 열어 이들을 용자의 성터가 있는 곳으로 이동시켜라. 그곳에 요새를 일단 세워 뒀으니 그 안에 들어가서 기다리고 있어. 너라면 충분히 포탈을 열 수 있겠지."

"물론이죠, 로이스 님."

로이스는 물론 프리나스를 향해 이슬떡 하나를 던지는 것을 잊지 않았다. 저 식탐 드래곤은 이슬떡을 주지 않으면 도무지 일을 하지 않으니 어쩌겠는가.

츠으으읏!

곧바로 마법진이 생겨나더니 그 위로 거대한 포탈이 생겨났다. 프리나스는 레온 등을 향해 말했다.

"저건 용자의 성터가 있는 곳으로 향하는 포탈이야. 다시 이곳으로 오는 포탈은 만들어 주지 않을 거니 꼭 필요한 사람만 데려가도록 해라."

그러자 레온이 이곳에 모여 있는 아드리아 대륙의 인간과 이종족, 몬스터들을 돌아보며 외쳤다.

"나는 이제 아드리아 대륙의 용자로서 용자의 성을 세우러 갈 것이다. 그곳은 매일 마왕과 전투를 벌어야 할지도 모르는 위험한 곳이다. 나와 함께 용자의 성으로 떠날 자들만 저 포탈로 들어가도록 하라."

"와아아아! 저도 가겠습니다."

"용자 레온 님과 함께 죽음이라도 불사하겠습니다!"

"쿠우오오오! 저도 한몫 보태겠습니다."

언뜻 봐도 수천 명이나 되는 이들이 포탈 안으로 들어가겠다며 투지를 불태웠다.

그 모습을 보며 로이스는 내심 감탄했다.

'그래도 저 녀석이 동료들을 끌어모으는 재주는 있네.'

단순히 레온이 용자라서 저들이 죽음까지 불사하며 따르지는 않을 것이다.

레온이 그들의 마음을 움직일 만큼 강한 신뢰감을 심어주었기 때문이리라.

'그럼 난 미스토스를 쌓으러 가 볼까?'

로이스는 미스토스 지도를 통해 마족이나 마물, 기타 괴수나 몬스터들의 위치를 찾을 수 있다.

다행히 아드리아 대륙 내에는 없었다.

'사파룬 대륙으로 가는 게 좋겠어. 거기야 늘 마족들이 득실거리니까.'

팟—

로이스는 눈 깜빡할 사이에 사파룬 대륙으로 이동했다.

군주의 반지를 통해 한 번 갔던 장소는 어디로든 순간 이동할 수 있는 터라 굳이 포탈 같은 건 필요하지 않았다.

물론 미지의 장소를 갈 때는 각종 포탈 등을 이용해야 한다. 혹은 마왕의 날개를 펼쳐 직접 날아가도 될 것이다.

'잠깐, 그러고 보니 새로운 날개를 얻었는데?'

로이스는 즉시 아공간 창고에 보관해 둔 상마왕의 초마력 날개를 꺼내 살펴봤다.

워낙 정신없이 움직이다 보니 이것을 넣어만 두고 깜빡했다.

* 상마왕의 초마력 날개(1단계)

—등급 : 신화

—자유롭게 장착, 탈착이 가능함.

—날개 장착 시 자유롭게 비행할 수 있음.

—윙 블레이드 시전이 가능함.

—윙 실드 시전이 가능함.

—날개 장착 시 전투력이 대폭 상승함.

—마궁과 연결되는 다크 포탈 생성 가능

—상마왕의 권능 : 하급 마왕의 날개를 무기로 변환할 수 있음.

—날개 장착 시 권역의 마궁 30곳을 지배할 수 있음.

—장착 시 최대 맷집과 최대 미흐가 각 30000씩 증가함.

'뭐야? 이건 지금 내 것보다 좋잖아.'

로이스는 지금 4단계로 강화한 중마왕의 마력 날개를 장착 중이었다.

* 중마왕의 마력 날개(4단계)

—등급 : 신화

—자유롭게 장착, 탈착이 가능함.

—날개 장착 시 마계를 자유롭게 비행할 수 있음.

—윙 블레이드 시전이 가능함.

—윙 실드 시전이 가능함.

—날개 장착 시 전투력이 대폭 상승함.

—날개 장착 시 권역의 마궁 21곳을 지배할 수 있음.

—장착 시 최대 맷집과 최대 미흐가 각 20000씩 증가함.

—마계 및 암흑 결계 이외의 장소에서는 비행 속도가 대폭 감소함.

—마계 및 암흑 결계 이외의 장소에서 날개 장착 시 전투력이 대폭 하락함.

그저 1단계에 불과할 뿐인데 4단계 날개보다 모든 면에서 우월했다.

심지어 마계 이외의 지역에서 발생되는 비행 속도 감소나 전투력 감소조차 없었다.

물론 보조 날개인 대왕 데스 가고일의 날개를 장착한 덕분에 그런 불편함은 사라졌지만 말이다.

'이건 무조건 바꿔야겠지.'

로이스는 즉각 주날개를 벗은 후 보조 날개를 떼어 냈다.

날개에서 쉬고 있던 정령들에게는 잠시 나와서 대기하라고 말한 후 다시 상마왕의 초마력 날개를 살펴봤다.

그러자 곧바로 군주의 목걸이가 빛났다.

[상마왕의 날개는 상마왕의 날개를 재료로 사용해 강화가 가능합니다.]

[그러나 중마왕의 날개를 재료로 강화할 때는 한 번에 3개가 소모됩니다.]

[상마왕의 날개는 하급 마왕의 날개로는 강화할 수 없습니다.]

'이런! 하급 마왕의 날개로는 안 된다는 거야?'

앞으로 하급 마왕의 날개는 강화 재료로 사용할 수 없게 됐다. 그런데 상마왕의 초마력 날개를 장착하면 상마왕의 권능이라는 것이 생겨나 하급 마왕의 날개로 무기를 만들 수 있었다.

'마왕의 날개로 만든 무기면 꽤 쓸 만할 거야.'

하급 마왕의 날개는 그런 용도로 사용하면 될 것이다.

그때 다시 군주의 목걸이가 빛났다.

[1단계 상마왕의 초마력 날개로 4단계 중마왕의 마력 날개의 강화 단계를 이전할 수 있습니다.]

[이전 시 10000카퍼스의 미스토스가 소모됩니다.]

[이전 시 4단계 중마왕의 마력 날개는 사라지며 1단계 상마왕의 초마력 날개는 2단계에서 4단계 중 임의의 단계로 변합니다.]

"다행히 이것도 가능하네."

그런데 미스토스가 10000카퍼스가 들다니!

그래도 상마왕의 초마력 날개의 능력이 상승한다면 해볼 만한 가치는 있으리라.

"최대한 행운이 따라 주기를 바라야겠군."

운이 나쁘면 2단계. 운이 좋으면 4단계가 될 것이다.

[미스토스 10000카퍼스를 소모해 날개의 강화 단계를 이전하겠습니까?]

[2단계 100% / 3단계 20% / 4단계 5%]

[이전한다./그냥 놔둔다.]

확률을 보니 4단계는 매우 희박하고 3단계도 쉽지 않아 보였다.

"이전하겠다! 기왕이면 4단계로 가자!"

로이스는 최대한 긍정적인 마음으로 외쳤다.

그러자 두 개의 날개가 환한 광채에 휩싸였다.

[빛나는 신념의 날개로 인해 미스토스 소모량이 감소합니다.]

[강화 이전을 위해 미스토스 5000카퍼스가 소모됩니다.]

"오호!"

레온과 용병이 되며 얻은 축복이 이렇게 또 도움이 될 줄이야.

10000카퍼스가 소모되어야 하는데 5000카퍼스만 소모된 것이다.

덕분에 로이스는 5000카퍼스나 되는 미스토스를 절약할 수 있게 됐다.

사실상 레온에게 매우 후한 고용료를 받은 것이나 다름없는 것이다.

'기특한 녀석이야. 앞으로 잘해 줘야지.'

로이스는 흐뭇하게 웃으며 강화 이전의 결과를 지켜봤다.

그사이 4단계 중마왕의 마력 날개는 가루로 변해 흩어졌다.

[능력이 성공적으로 이전되었습니다.]

[상마왕의 초마력 날개가 3단계가 되었습니다.]

[날개의 비행 속도가 대폭 증가합니다.]

[윙 블레이드의 공격력이 대폭 증가합니다.]

[윙 실드의 방어력이 대폭 증가합니다.]

[상마왕의 권능으로 중급 마왕 이하 모든 마왕들의 날개를 무기나 방어구로 변형할 수 있습니다.]

[마궁 90곳을 지배 가능합니다.]

[지배하는 마궁들과 연결되는 다크 포탈 생성이 가능합니다.]

[장착 시 최대 맷집이 120000 증가합니다.]

[장착 시 최대 미호가 120000 증가합니다.]

"오오! 3단계!"

4단계가 아니어서 아쉽지만 그래도 3단계가 된 것도 대단한 일이었다.

그로 인해 날개의 능력이 대폭 상승했다.

* 상마왕의 초마력 날개(3단계)

—등급 : 신화

—자유롭게 장착, 탈착이 가능함.

—날개 장착 시 자유롭게 비행할 수 있음.

—윙 블레이드 시전이 가능함.

—윙 실드 시전이 가능함.

—날개 장착 시 전투력이 대폭 상승함.

—마궁과 연결되는 다크 포탈 생성 가능

—상마왕의 권능 : 중급 마왕의 날개를 무기로 변환할 수 있음.

—날개 장착 시 권역의 마궁 90곳을 지배할 수 있음.

—장착 시 최대 맷집과 최대 미호가 각 120000씩 증가함.

곧바로 로이스는 상마왕의 날개에 보조 날개를 붙인 후 어깨에 장착했다.

순간 로이스는 갑자기 솟구치는 힘에 진저리를 쳤다.

"흐읍! 이건!"

날개를 바꿔 달았을 뿐인데 아까에 비해 전투력이 대폭 상승했다.

이름 [로이스]

레벨 [상급 42]

칭호 [상마왕 학살자]

신분 [미스토스 상급 기사]

맷집 257980/257980(87980+170000)

미호 259200/259200(89200+170000)

로이스는 흐뭇하게 웃었다.

"후후, 맷집과 미호가 엄청나게 늘었구나."

본래 맷집과 미호는 둘 다 9만이 안 된다.

그러나 칭호와 날개에서 무려 17만씩 올려 주니 저리 엄청난 맷집과 미흐를 가지게 된 것이었다.

3단계가 이 정도이니 4단계나 5단계는 어느 정도일까?

아쉽게도 중마왕의 날개가 두 개뿐이라 더 이상 강화를 시도해 볼 수 없었다.

'무기 제작은 천천히 시간 날 때 해 보고, 대검이나 살펴 볼까?'

로이스는 상마왕 바스모를 해치우고 얻은 대검을 꺼냈다.

* 마검 바스모

—등급 : 신화

—양손 대검

—상마왕 바스모가 여러 마왕들의 날개를 재료로 제작한 마검.

—미흐를 주입해 공격 시 상마왕의 윙 블레이드와 동급의 파괴력을 발휘함.

—미흐를 주입해 방어 시 상마왕의 윙 실드와 동급의 방어력을 발휘함.

—장착 제한 : 양손 검 전술 상급 1단계

—장착 제한 : 마검 바스모의 시험을 이긴 자

바스모의 대검의 이름은 마검 바스모!

신화 등급의 양손 대검으로 상마왕의 윙 블레이드와 동급의 공격력을 발휘할 수 있다고 했다.

"위력은 대단한데 장착 제한이 있네."

양손 검 전술을 상급 1단계로 만들어야 하고, 동시에 마검 바스모의 시험을 이겨야 장착이 가능했다.

그러고 보니 예전에 마검 다켈을 얻었을 때와 비슷했다.

분명 검술로만 승부를 벌여서 마검 바스모를 쓰러뜨려야 할 것이다. 생각보다 쉽지 않은 승부였다.

마검 바스모가 상마왕 바스모와 동일한 전투력을 가지고 있다면 그를 검술로 이기기란 매우 어려운 일이었다.

맨손이라면 쉽게 이기겠지만 말이다.

그래도 로이스는 흥미롭다는 생각에 흐뭇하게 미소 지었다.

"그럼 검술로 이겨 주지. 일단 양손 검 전술부터 올려 볼까?"

사실 마검 바스모를 사용하게 된다고 해도 어차피 상마왕들과 싸울 땐 맨손으로 상대할 것이다.

로이스에게는 신화 등급의 무기들도 그저 유희의 대상일 뿐. 그러다 보니 굳이 서두를 필요가 없었다.

로이스는 마검 바스모를 아공간의 창고에 넣은 후 다른

양손 대검 하나를 꺼냈다.

라테르 황제가 준 검으로 수련용으로는 딱이었다.

'좋아! 수련이다!'

미스토스 지도를 보며 마족들이 있는 곳을 찾았다.

샤론 대륙에서처럼 사파룬 대륙에도 마족들은 숲의 오래된 던전이나 성 같은 곳에 자리를 잡고 있었다.

'가장 가까운 곳부터 가자!'

로이스가 던전의 입구에 나타나자 입구를 지키던 마물들이 몰려왔다.

"카카카! 이곳이 어디라고 왔느냐?"

"키킥! 스스로 먹잇감이 되기 위해 오다니 기특하구나."

얕보이기 전술 덕분에 마물들이 로이스를 보면서도 도망가지 않고 달려들었다.

"기특한 건 너희들이야."

로이스는 흐뭇하게 웃으며 양손 검을 휘둘렀다. 순간 전방의 공간이 반으로 갈라지며 마물들이 두 쪽이 나 버렸다.

"끄아악!"

"꿰엑!"

슬쩍 휘둘렀을 뿐인데 마물 수십 마리가 쓰러졌다.

사실 양손 검 전술이 생기면 좀 더 효율적으로 양손 검을 휘두를 수 있을 뿐이지, 지금 상태로도 그랜드 마스터급 검사의 공격보다 훨씬 더 강력할 것은 당연했다.

레벨이 무려 상급 42이니까.

막대기만 대충 휘둘러도 하급 마왕은 치명상을 입고 말 것이다.

하물며 마물이나 마족들은 말할 것도 없었다.

[미스토스의 은총이 당신의 노력에 대한 보상을 줍니다.]

[당신은 양손 대검 전술을 각성했습니다.]

[당신의 양손 대검 전술이 1단계가 되었습니다.]

"후후, 바로 전술이 생겼어."

어쨌든 양손 검으로 마물들을 해치우자 관련 전술은 즉각 생겨났다.

번쩍! 촤악—

"끄아아악!"

"꿰에엑!"

마물들도 소탕하고 전술도 올리고!

지저분한 곳을 깨끗하게 청소한다는 기분으로 로이스는 던전을 누볐다.

[당신의 양손 대검 전술이 2단계가 되었습니다.]

[당신의 양손 대검 전술이 3단계가 되었습니다.]

……

마물들을 모조리 쓰러뜨리고, 그들의 보스인 마족까지 해치운 것은 순식간의 일이었다.

마족만 따로 상대한 것이 아니었다.

마물들을 향해 검을 휘둘렀을 뿐인데 그들 사이에 마족이 끼어 있다가 함께 죽은 것이다.

스치듯 빗맞아도 한 방이면 충분하니까.

[봉인된 마력석을 얻었습니다.]

[미스토스 8카퍼스를 얻었습니다.]

[당신의 양손 대검 전술이 12단계가 되었습니다.]

그런 식으로 가까운 마족 소굴 10여 군데를 털고 나자.

[당신의 양손 대검 전술이 40단계가 되었습니다.]

그사이 미스토스도 총 150카퍼스 정도 쌓였다.

'이 정도면 레온에게도 100카퍼스 정도는 모였겠지. 여

긴 이쯤에서 끝내자.'

로이스는 할 일이 많았다. 탈락티스에게 들었던 불칸과 프리뭄의 음모를 용자들에게 알려야 하기 때문이다.

특히 소세계들을 피로 물들인다는 마왕들을 처리해야 할 것이다.

'일단 아드리아 대륙부터 안전하게 만들어야 해.'

로이스는 곧바로 군주의 반지를 이용해 레온 등이 있는 곳으로 이동했다.

*　　*　　*

스슷.

로이스가 나타나자 곧바로 거무즈와 란데프가 달려 나왔다.

"부대장님! 드디어 돌아오셨군요."

"지금 이곳에 용자와 수많은 부하들이 몰려온 상태입니다."

로이스는 미소 지었다.

"그들은 내가 보낸 거야. 여길 지키느라 수고 많았어."

"하핫! 수고는요. 쳐들어오는 녀석들이 없어서 심심했습니다."

"여긴 이제 저희가 없어도 될 것 같은데요?"

레온과 수천 명이나 되는 동료들이 몰려오자 땅의 정령들은 요새의 규모를 확장해야만 했다.

비록 투박하긴 하지만 이 상태로도 제법 쓸 만한 요새로서의 기능은 충분히 발휘할 것이다. 특히 요새 외곽으로 미스토스 방어 결계도 펼쳐진 상태이니 말이다.

그러나 이제 더 이상 저 임시 요새는 필요 없었다.

이곳에 진정한 용자의 성이 세워지게 될 테니까.

"그만 요새를 없애라."

"네, 로이스 님."

땅의 정령들에 의해 요새는 흔적도 없이 사라졌다.

그러자 레온과 카크라드가 감개무량한 표정을 지으며 로이스에게 달려왔다.

"로이스 님! 미스토스가 100카퍼스 넘게 쌓였습니다."

"이럴 수가! 이토록 엄청난 미스토스가 쌓이다니 정말 꿈만 같군요."

로이스에게는 얼마 안 되는 과자값 수준의 미스토스지만, 이제 갓 용자와 집사가 된 레온과 카크라드에게는 꿈에나 그리던 엄청난 양의 미스토스였다.

"정말 감사합니다, 로이스 님."

"이 은혜는 절대 잊지 않겠습니다."

로이스는 고개를 끄덕였다.

"앞으로 열심히 하라고 도와준 거야. 설마 안전해졌다고 놀고먹을 생각을 하지는 않겠지?"

"하핫! 절대 그럴 일은 없으니 염려 마십시오."

레온은 로이스가 설명하지 않아도 이제 무엇을 해야 할지 알고 있었다.

그사이 현자 프리나스로부터 가르침을 얻은 것도 있지만, 미스토스가 쌓이면서 자연스럽게 용자와 집사로서 갖춰야 할 지식들을 각성한 것이다.

"이제 용자의 성을 세우겠습니다."

"성의 이름은 뭐로 할 거야?"

"따로 계시로 주어진 이름이 없다 보니 용자 카디나스 님의 이름을 기념하기 위해 카디나스 성이라 하려 합니다. 그래도 되겠습니까?"

로이스는 흔쾌히 고개를 끄덕였다.

"얼마든지."

"위대한 이름을 더럽히지 않게 절대 함락되지 않는 최강의 성으로 만들겠습니다."

"내가 부탁하고 싶은 게 바로 그거야. 그러려면 너는 반드시 절대용자가 되어야 해."

"절대용자라고요? 과연 제가 그렇게 대단한 용자가 될 수 있겠습니까?"

"지금처럼 계속 노력하면 충분히 가능해. 나도 도와줄게."

"어서 가르침을 주시길 고대하겠습니다. 피나게 수련하겠습니다."

로이스는 흐뭇한 미소를 지었다. 열심히 하려는 모습은 언제나 보기 좋았다.

"지금은 내가 할 일이 많아서 힘들고 나중에 시간이 나면 수련 지도를 해 줄 거야."

"수련 지도요?"

"그런 게 있어. 각오 단단히 하는 게 좋을 거다."

"예, 로이스 님."

"그럼 어서 성을 세워라."

레온은 고개를 끄덕이더니 집사 카크라드에게 말했다.

"카크라드! 그대에게 나의 미스토스를 위임할 테니 이제 용자의 성을 세우도록 하시오."

"명을 받듭니다."

카크라드는 공손히 대답하고는 그 즉시 두 눈을 감았다.

화아아아악!

순간 용자의 성터가 짙푸른 광채로 뒤덮였다.

동시에 광채 안쪽에 서 있던 이들은 자연스럽게 바깥으로 밀려 나왔다.

그리고 잠시 후.

광채가 사라지고 드러난 것은 웅장하고 멋들어진 성이었다.

카디나스 성!

드디어 아드리아 대륙에 용자의 성이 다시 세워졌다.

카크라드는 그사이 용병계에 가서 미스토스 병사들도 고용했는지, 수천 명쯤 되는 미스토스 용병들이 성벽과 망루 위에서 경계를 서고 있었다.

"오오! 이게 바로 용자의 성?"

이 상황에 가장 감격한 것은 물론 용자 레온이었다.

또한 그를 따라 함께 살고 죽기로 결심한 수천의 동료들도 크게 감격해 했다. 모두들 목이 터져라 함성을 질렀다.

"와아아아!"

"용자 레온 만세!"

"로이스 님 만세!"

"카디나스 성이여 영원하라!"

"드디어 우리가 목숨을 걸고 지켜야 할 성이 생겼군요!"

레온을 선두로 하여 그들은 당당하게 카디나스 성으로 들어갔다.

로이스도 그들을 뒤따라가면서 왠지 가슴이 뭉클했다.

'후후, 멋진걸.'

또 하나의 용자가 자리를 잡았다.

이는 또 하나의 세계가 안전해졌다는 것을 의미했다.

용자의 성이 지키는 아드리아 대륙에 속한 인간과 이종족, 심지어 몬스터들까지도 사악한 마왕들의 공격으로부터 안전해진 것이다.

처음 있는 일이 아니지만 이럴 때마다 뭔가 감격스러우면서도 뿌듯했다.

한편 용자의 성인 카디나스 성이 세워지자 자연스레 루비아나 성에서 이쪽으로 오는 포탈이 생성되었다.

그리고 그 포탈을 통해 로이스의 부하들인 아이리스 등이 모습을 드러냈다.

"로드!"

"또 새로운 성이네요!"

"여긴 또 어떤 곳인가요?"

이제는 이런 일에 익숙해서인지 그녀들은 놀라기보다 호기심이 가득했다.

"어서들 와. 여긴 아드리아 대륙의 용자 레온. 이 성은 카디나스 성이야."

그러자 레온이 쑥스러운 듯 고개를 숙여 인사했다.

"용자 레온이오. 이제 막 용자가 되어 아무것도 모르니 많은 가르침 부탁드리겠소."

아이리스가 미소 지었다.

"뭐든 도움이 필요하면 말씀하세요. 루비아나 성에서는 로드께 선택받은 용자들을 여러모로 지원하기로 했거든요."

"지원? 구체적으로 어떤 것인지 물어봐도 되겠소?"

레온이 궁금해 하자 이번에는 로디아가 대답했다.

"각종 무기나 방어구는 물론이고 유용한 마도구들도 있어요."

"오! 그게 정말이오?"

"물론 공짜는 아니에요. 부담되지 않는 선에서 대여해 주거나 판매하고 있으니 많이 이용해 주세요."

로디아는 한 장의 두루마리를 레온에게 건넸다.

거기에는 그녀가 제작해서 제공할 수 있는 각종 장비들과 마도구들에 대한 목록 및 가격이 적혀 있었다.

이는 사실 릴리아나의 생각이었다.

로디아가 마전함을 비롯해 온갖 기괴한 장비들을 제작하자 그것들을 용자에게 돈을 받고 지원하기로 한 것이다.

제작비가 많이 들어 공짜로는 힘들고 어느 정도 수입을 남기는 선에서 말이다.

물론 모든 용자에게 제공하는 것이 아니라 로이스에게 선택을 받은 용자들에 한해서다.

아이리스에게 그 같은 사실을 들은 로이스는 흔쾌히 고개를 끄덕였다.

"뭐 그런 것도 나쁘지 않지. 쓸 만한 장비들을 많이 지원해 줘. 처음엔 돈이 없을 테니 외상으로도 좀 해 주고."

"네, 로드."

그러한 지원은 로디아의 제작물만 해당되는 것이 아니었다.

아이리스가 종사나 집사들에게 초마력대공간진과 같은 비법을 전수해 주는 것은 물론, 루니우스와 스텔라 등이 검술을 전수해 주는 것도 마찬가지였다. 또한 라크아쓰가 만든 옷도 포함되었다.

용자가 미스토스가 많으면 미스토스로 받고, 베카나 가디가 많으면 그것으로 받는다.

형편이 여의치 않으면 외상으로 일단 지원해서 미스토스나 돈을 많이 벌도록 도와주고 나중에 받는 식이었다.

릴리아나는 무상으로만 지원해 주는 것보다 그런 식으로 대가를 주고받는 것이 서로에게 좋을 것이라 생각한 모양이었다.

로이스는 그런 릴리아나의 생각이 나쁘지 않다 여겼다.

뭐든 공짜로만 받게 되면 고마운 줄 모르고 계속 의존하게 될 테니까.

당연히 지금 막 용자가 된 레온에게는 외상으로 지원하기로 했다.

차원풍에 부서지지 않는 각종 영웅 등급의 무기와 방어구들.

그리고 마정석을 소모해 발포하는 마력 대포라는 것도 있었다.

강력한 마나의 힘이 폭발해 다수의 적들을 괴멸시키는 것으로 마스터급 마법사들의 광역 마법 못지않은 위력을 가진 마도구였다.

Chapter 4
용자 레온의 축복 인장

“오오! 정말 많은 힘이 될 것 같습니다, 로이스 님.”

“이런 것에만 의존하지 말고 네가 강해지는 게 중요해. 마족들이라면 모를까 마왕만 나타나도 저런 건 별로 쓸모 없거든.”

“그렇군요. 꼭 강해지겠습니다.”

“좋아. 이제 대충 된 것 같으니 용병 계약을 해지해라.”

그러자 레온은 깜짝 놀랐다.

“벌써 이 성을 떠나실 생각이십니까?”

“난 할 일이 많아. 너 말고도 도와줘야 할 용자가 한둘이 아니거든.”

"언젠가 떠나실 거라 생각했지만 이렇게 빨리 떠나실 줄은 몰랐습니다."

레온은 매우 섭섭해하는 표정이었다. 뿐만 아니라 그사이 레온에 의해 완전히 회복된 기사 맥스도 로이스를 향해 서운함을 금치 못했다.

"로이스 님! 언제고 꼭 저를 찾아 주십시오. 카디나스 님은 물론 아멜라 님에 대해서도 말씀드리겠습니다."

"아멜라?"

"아멜라 님은 로이스 님의 모친이십니다. 당시 하이무카루스의 부하들에게 죽임을 당하셨지요."

"그래?"

로이스의 눈빛이 흔들렸다.

'엄마의 이름이 아멜라였군.'

친모의 이름을 이제야 알게 되다니.

한 번 얼굴이라도 볼 수 있으면 얼마나 좋을까?

그러나 이미 오래전 죽임을 당했으니 그저 이름만 기억할 수밖에 없었다.

'하이무카루스는 제가 죽였어요. 부디 편히 눈을 감으세요, 엄마!'

그렇게 로이스는 속으로 나직이 외쳤다.

더 이상 생각하면 슬픔이나 분노를 주체하지 못할 것 같아 이내 마음을 가라앉히고 말했다.

"레온을 많이 도와줘, 맥스. 난 불칸과 마왕들을 다 쓸어버리고 올게. 그때 많은 얘기를 듣고 싶어. 그분들에 대해서 말이야."

"기다리겠습니다, 로이스 님. 그리고 정말 자랑스럽고 대견스럽습니다. 로이스 님이 이토록 멋진 분이 되신 걸 그분들께서 아신다면 저처럼 기뻐하실 것입니다."

그러자 단순한 로이스는 금세 만면에 미소를 지었다. 생각만 해도 기분 좋은 얘기였기 때문이다.

"후후, 정말 그럴까?"

"물론입니다."

"그렇게 말해 줘서 고마워."

로이스는 흐뭇하게 웃었다. 그리고는 레온과 카크라드를 향해 고개를 끄덕이며 말했다.

"레온! 내가 아는 용자들이 몇 있는데 그들과 동맹을 맺는 게 좋을 거야. 자세한 절차는 아이리스가 설명해 줄 테니 도움을 받도록 해."

"저 같은 풋내기 용자를 다른 용자들이 달갑게 동맹으로 받아 줄까요?"

"물론이야. 그들도 다 풋내기 용자 시절이 있었거든. 그 중에 절대용자도 있으니 많은 도움이 될 거야."

절대용자 아이언도 로이스의 추천이라면 얼마든지 동맹을 받아 줄 것이다.

"그럼 이만 용병 계약을 끝내라."

"예, 로이스 님. 그럼 저를 따라오십시오."

곧바로 용자의 대전으로 이동한 레온은 용자의 옥좌에 앉았다. 그 아래 집사 카크라드가 서서 엄숙한 표정을 지었다.

"이 시간 이후로 용자 레온 님은 로이스 님과의 용병 계약을 정식으로 해지할 것을 결정하였습니다. 아드리아 대륙을 위기에서 구해 주시고 용자 레온 님께 대량의 미스토스를 쌓도록 힘써 주신 로이스 님의 노고를 결코 잊지 않겠습니다."

제법 용자의 집사다운 신비한 위엄이 느껴졌다. 레온도 마찬가지였다. 미스토스가 쌓이니 알아서 스스로의 능력들을 각성하게 된 것이다.

[당신과 용자 레온의 용병 계약이 해지되었습니다.]

[당신은 더 이상 레온의 용병이 아닙니다.]

[레온과의 용병 계약이 해지됨으로 빛나는 신념의 날개 축복이 사라집니다.]

미스토스 소모량이 반으로 줄어드는 축복이 사라졌다.

그러나 로이스가 따로 말하지 않았는데도 레온은 알아서 그러한 아쉬움을 덜어 주었다.

"저와 카디나스 성은 로이스 님의 도움을 영원히 잊지 않을 것입니다. 이것은 작은 성의이니 받아 주십시오."

레온이 말을 하는 순간 그의 옥좌에서 찬란한 빛이 일어나 로이스의 몸을 휘감았다.

화아아악!

그 빛은 로이스의 오른쪽 뺨에 하나의 문양을 새겼다.

환한 빛으로 이루어진 날개 문양.

다름 아닌 카디나스 성의 상징이었다.

반짝!

그 빛의 날개는 로이스의 오른뺨에서 신비롭게 빛나다가 이내 투명해졌다.

[용자 레온의 축복 인장을 얻었습니다.]

* 용자 레온의 축복 인장

—아드리아 대륙을 위기에서 구해 주고 위대한 용자의 성인 카디나스 성을 세우도록 도와준 미스토스 상급 기사 로이스에게 용자 레온이 내린 특별

한 축복의 징표.

—이 징표가 있으면 당신과 권속들의 모든 미스토스 소모량이 50% 감소함.

—용자 레온이 철회하지 않는 한 이 축복은 계속 지속됨.

이로써 로이스는 도합 여섯 개의 축복 인장을 얻었다.

'후후, 부탁도 안 했는데 알아서 주다니 제법 눈치가 빠른 녀석이네.'

로이스는 흡족한 표정으로 웃었다.

[용자 레온이 당신의 능력을 인정했습니다.]

그때 군주의 목걸이가 다시 빛나며 로이스에게 새로운 글자들을 보여 줬다.

'오! 이 녀석이 이제야 날 인정한 건가?'

뭔가 늦은 감은 있지만 다시 생각해 보니 무척 빠른 것이었다.

레온이 용자가 된 지 아직 하루도 지나지 않았으니 말이다.

[임무 조건] 7명의 용자에게 능력을 인정받는다.

—용자 아시엘에게 능력을 인정받았음

—용자 칼리스에게 능력을 인정받았음

—용자 데니아에게 능력을 인정받았음

—용자 유리안에게 능력을 인정받았음

—용자 아이언에게 능력을 인정받았음

—용자 레온에게 능력을 인정받았음

—???

[임무] 미스토스 군주가 될 자격을 증명하라

—7명의 용자에게 능력을 인정받는다. 6/7

—상급 50레벨을 달성한다. 42/50

'이제 한 명 남았군.'

앞으로 용자 한 명에게만 더 인정을 받으면 미스토스 군주가 될 자격을 갖추게 되는 것이었다.

물론 레벨을 8단계 더 올려야 하겠지만 말이다.

한편 용자의 대전 한쪽에 서서 레온이 로이스에게 축복을 주는 광경을 지켜보던 현자 프리나스가 말했다.

"새로운 용자의 성이 세워지는 걸 보는 건 언제나 감격스럽군요. 부디 멋진 용자가 되길 바라겠어요, 용자 레온."

프리나스는 레온에게 비교적 정중한 태도를 보였다. 이전처럼 반말로 일관하지 않았다.

레온은 미소를 지었다.

"현자 프리나스! 그대의 도움도 영원히 잊지 않을 것이오. 언제든 카디나스 성을 편하게 방문해 주시오."

"방문이야 어렵지 않지만 내가 좀 바빠서요."

"그래서 그대가 좋아하는 러가므를 준비 중이오."

"호호, 그럼 얘기가 달라지죠. 어서 몇 병 내와 봐요. 러가므만 많이 준다면 여기 눌러 앉을 생각도 있어요."

프리나스는 입맛을 다시며 말했다.

그러다 로이스가 힐끗 노려보자 움찔했다. 로이스는 험악한 표정으로 말했다.

"용자의 성에서 술판을 벌이겠다는 거냐?"

"술판이라뇨? 목이 좀 말라서 한 병, 아니, 한 모금만 마신다는 거죠."

"됐으니 넌 그만 아이언에게 돌아가 내 말이나 전해."

로이스는 중마왕 탈락티스에게 들었던 내용을 프리나스에게 말해 줬다. 그러자 그녀는 깜짝 놀라더니 다급히 고개를 끄덕였다.

"이럴 때가 아니군요. 당장 로드께 가서 대책을 세워야겠어요."

“난 그사이 소세계들을 공격하고 있는 중마왕들을 쓸어 버릴 거야. 절대용자들이 지원군을 보내 준다면 좋겠지.”

“상마왕 중 최강의 존재인 프리뭄까지 나서서 작정하고 절대용자들을 견제하기 시작한 이상 지원군을 보내기란 쉽지 않을 거예요.”

현재 절대용자들 중 프리뭄과 단신으로 맞설 만한 존재는 아무도 없다.

제2위 상마왕 데르테로스도 마찬가지다.

그런 최상위 상마왕들까지 모두 나선다면 절대용자들이 절대적으로 불리한 상황이었다.

로이스는 그것이 왠지 우려되어 물었다.

“절대용자들이 프리뭄이나 데르테로스를 막을 방법은 있는 거야? 정면으로 붙어서 이기기란 힘들어 보이는데?”

“정면으로 붙으면 끝장이죠. 미스토스 방어 결계를 펼쳐 방어할 수밖에 없어요.”

“타락한 용자의 부하들이 나타나면? 그놈들이 미스토스 방어 결계를 해제하면 대책이 있어?”

“절대용자들의 성에 펼쳐진 최상급 미스토스 방어 결계는 타락한 용자의 공격에 그리 쉽게 해제되지 않아요.”

“최상급 미스토스 방어 결계라는 것도 있나 보군.”

“미스토스가 많이 소모되는 단점이 있지만 타락한 용자

들의 웬만한 공격은 막아 낼 수 있어요. 하지만 그들이 상마왕들과 함께 나타나 초마력공간대진을 펼치기라도 하면 꽤나 골치가 아파지게 돼요.”

“초마력대공간진? 상마왕들이 그런 번거로운 방법까지 사용하는 거냐?”

“일단 완성되면 아주 강력해요. 절대용자의 성이라도 자칫 맥없이 무너져 버릴 수 있는 무서운 진법이죠. 따라서 초마력대공간진이 완성되지 못하도록 방해해야 해요. 그것이 절대용자들이 성을 비워서는 안 되는 이유예요.”

절대용자들이 있으면 어떻게든 그걸 막을 수 있는 모양이었다.

“막을 수 있다니 그나마 다행이군.”

“미스토스가 많이 소모되는 것만 아니면 안전해요.”

“그러다 미스토스가 완전히 떨어지면?”

“그런 일이 벌어지지 않게 해야죠.”

미스토스가 고갈되면 절대용자들이라 해도 별수 없이 소멸되고 만다.

물론 절대용자들은 꽤 많은 미스토스를 쌓아 둔 상태이니 그리 쉽게 당하지는 않겠지만.

“어쨌든 저는 빨리 가서 아이언 님께 이 일을 알리겠어요.”

“그래.”

로이스가 고개를 끄덕이자 프리나스는 곧바로 귀환 마법진을 펼쳐 사라졌다.

그사이 아이리스 등은 레온과 카크라드에게 여러 가지 조언을 해 주느라 정신이 없었다.

'다들 잘하고 있군.'

믿음직한 부하들 덕분에 세세한 것들에 신경을 쓰지 않아도 되니 편했다. 곧바로 로이스는 거무즈, 란데프와 함께 미스토스 용병계로 귀환했다.

츠으으읏!

이번에는 용병 광장과 연결된 마법진이 아니라 용병계에 있는 로이스의 저택에 위치한 마법진이었다.

그러자 저택의 집무실에 있던 미엘이 후다닥 달려왔다.

"로이스 님! 귀환하셨군요. 거무즈 님과 란데프 님도요."

로이스는 씩 웃었다.

"용병계에는 별일 없었지?"

"네, 미스토스 군주 아스텔 님이 다시 상급 기사들을 소집하고 있어요."

"무슨 일 때문인데?"

"자세히는 모르지만 분위기를 보니 다시 용자들과 협력을 하겠다는 것 같아요."

"그래?"

로이스의 안색이 살짝 굳어졌다.

'이것 봐라? 설마 그럼 군주 아스텔이 배신자란 거야?'

탈락티스가 말해 준 상마왕 프리뭄의 간계.

그것은 틀어진 절대용자들과 용병계의 관계를 다시 회복시키는 척하면서 그 자리에서 절대용자들을 일망타진하겠다는 작전이었다.

과연 어떤 식으로 절대용자들을 모조리 쓸어버릴지는 모르지만, 확실한 건 누구든 그런 협력을 먼저 제의하는 자가 프리뭄과 내통하는 세작 즉, 배신자일 가능성이 높다는 것이다.

'일단 그자를 지켜봐야겠어.'

섣불리 단정해서는 안 된다.

아스텔이 정말 순수한 목적으로 용병계와 절대용자들의 관계를 회복시키려 하는 것일 수도 있기 때문이다.

그때 미엘이 말했다.

"아, 그리고 군주 아스텔 님이 로이스 님의 접견 신청을 받아들이셨어요."

이전에 로이스가 상급 기사의 전당에서 메이드 제드라를 통해 신청해 두었던 접견 요청.

군주 중 아무라도 만나기를 원했는데 아스텔이 그것을

받아들인 모양이었다.

"잘됐군. 당장 아스텔을 만나 봐야겠어."

"잠깐만요. 그 전에 용병패를 주셔야죠. 설마 아드리아 대륙에 가서 그냥 돌아오신 건 아니겠죠?"

"아, 맞다."

로이스는 즉시 아공간에서 용병패를 꺼내 미엘에게 건넸다. 그러자 거무즈와 란데프가 두 눈을 빛내며 그녀를 쳐다봤다.

"흐흐, 그 용병패를 갱신하면 눈알이 튀어나올지도 몰라, 미엘."

"눈이 튀어나와요?"

"케헷! 놀라지마. 부대장님이 상마왕을 처치하셨거든."

"정말인가요, 로이스 님?"

미엘도 두 눈을 휘둥그레 떴다.

중마왕도 아니고 상마왕이라니!

그녀는 잘못 들었나 싶었다.

"란데프의 말대로야. 상마왕 하나를 처치했어."

로이스는 담담히 웃으며 고개를 끄덕였다.

"세상에! 그럴 수가!"

미엘의 두 눈이 휘둥그레졌다.

거무즈와 란데프가 재촉했다.

"어서 확인해 봐라, 미엘!"

"케헷! 명성이 얼마나 올랐는지 궁금해 죽겠으니 빨리 갱신해 봐."

"알았어요. 잠깐만요."

사실 미엘 또한 용병패에 미스토스의 기운을 불어넣어 업적을 갱신하기 전에는 로이스가 무슨 일을 했는지 알 수 없었다.

또한 그렇게 용병패가 갱신되어야 용병계에도 그 일이 알려지게 되는 터였다.

츠읏!

미엘은 즉시 용병패에 미스토스의 기운을 주입했다.

그리고는 이내 입을 쩍 벌렸다.

[이름] 로이스

[신분] 미스토스 상급 기사

[직업] 권사

[용병계 칭호] 상마왕 학살자

[명성] 39,575,776

[업적] 3건

[용병 고용료] 2000카퍼스

"세상에!"

"맙소사!"

"우라질!"

모두의 입에서 감탄사가 나왔다. 로이스는 슥 란데프를 노려봤다.

"우라질은 뭐냐? 불만 있어?"

"케헷! 아닙니다. 그만 말이 잘못 튀어나왔습니다."

란데프는 머쓱한 표정으로 웃었다.

업적 세 건으로 도합 4천 만 가까운 명성이라니.

더구나 이번 한 건만으로 3천 5백만 정도나 되는 명성을 얻었으니, 기막히지 않을 수 없었다.

미엘은 곧바로 업적 두루마리를 펼쳐 상세 내역을 보여 주었다.

"여기를 보시면 왜 이토록 많이 명성이 올랐는지 알 수 있어요."

[상마왕 학살자 로이스]

[최근 업적 명성 34,920,895 상세 내역]

—제8위 상마왕 바스모 처치 22,000,000

—제2위 중마왕 스펠룬카 처치 9,000,000

—제49위 중마왕 하이무카루스 처치 2,500,000

—제100위 중마왕 탈락티스 처치 1,000,000

—기타 420,895

"오! 상마왕 하나가 2천 2백만이나 되다니!"

"탈락티스는 또 언제 처치하셨나요? 대단하십니다."

두루마리의 상세 내역을 쳐다보는 거무즈와 란데프는 그야말로 눈알이 빠질 지경이었다.

그런데 로이스는 탈락티스에 대한 내용을 보며 약간 못마땅한 표정을 지었다.

'탈락티스는 스펠룬카보다 더 강한 녀석인데 고작 명성 1백만이라니!'

미스토스 보상은 제대로 받았지만, 용병계의 명성 보상은 딱 제100위 중마왕 수준에 맞게만 나온 것이다.

하긴 탈락티스는 힘을 숨기고 있었으니 용병계에서 그것을 간파할 수 없었으리라.

대마왕 불칸조차 속였던 탈락티스였으니 말이다.

게다가 탈락티스는 완전히 죽임을 당한 것이 아니라 로이스의 부하가 된 상태였다.

그 또한 용병계에서는 알지 못했다.

"쿠하하핫! 새로운 칭호 획득 축하드립니다, 부대장님!"

"상마왕 학살자에 4천 만 가까운 명성이니 이제 미스토스 군주의 자격이 충분합니다. 지금 즉시 상급 기사들과 함께 부대장님을 미스토스 군주로 추대하겠습니다."

로이스를 바라보는 거무즈와 란데프의 표정은 이전보다 더욱 정중해져 있었다.

"좋아. 어차피 난 미스토스 군주가 될 거니까 용병계에서 먼저 인정을 받아 두는 것도 나쁘지 않겠지. 근데 미스토스 군주가 되면 뭐 좋은 거 있어?"

"물론입니다. 상급 기사들 이하 모든 미스토스 용병들을 지휘할 권한이 생기는 것은 물론이고 용병계의 모든 정책을 결정할 수 있습니다. 물론 다른 군주들과 협의 하에 가능하지만 이는 그야말로 막강한 권한입니다."

"그뿐이 아니지요. 군주들에게만 주어지는 군주의 성이 주어지며, 군주의 전당에도 들어갈 수 있습니다."

거무즈와 란데프는 둘 다 침까지 튀겨 가며 미스토스 군주가 얼마나 대단한 존재인지 말해 줬다.

"정책이나 이런 건 별로 관심 없지만 어쨌든 대단한 존재가 되는 건 틀림없는 거군."

"물론입니다, 하하하!"

"케헷! 사실 지금만 해도 충분히 대단하시지만 미스토스 군주가 되면 더욱 대단한 존재가 되실 겁니다."

로이스는 미소 지었다.

"나는 일단 상급 기사의 전당에 가서 아스텔이 뭐라 말하는지 들어 보겠다."

"그럼 저희들도 용병패를 갱신한 후 아는 녀석들을 모아 그쪽으로 가겠습니다."

"먼저 가 계십시오, 부대장님."

"그래, 이따 봐."

로이스는 저택을 나선 후 곧바로 상급 기사의 전당을 향해 걸었다.

'분위기는 여전하군.'

주변을 거니는 용병들의 얼굴이 대체로 침울해 보였다.

또한 멀리 관청 앞에는 용병패를 갱신하려는 용병들의 줄이 길게 늘어서 있었다.

'저게 대체 무슨 꼴인지 모르겠군.'

용자들과의 관계가 틀어지자 애꿎은 하급 용병들만 저렇게 고생하고 있는 것이다. 상급 기사들은 미스토스가 남아도는 터라 개인 비서까지 부리면서 지내기도 하는데 말이다.

그렇게 걷는 사이 어느덧 상급 기사의 전당에 도착했다.

"용병패를 보여 주시겠습니까?"

"여기."

로이스는 용병패를 꺼내 보였다.

그러자 그것을 확인한 경비 무사들의 표정이 경악으로 변했다.

"사, 상마왕 학살자라니!"

"어서 안으로 입장하십시오."

그들은 얼마 전 '처음처럼' 이라는 칭호를 갖고 있을 때와는 달리 로이스를 향해 극도로 정중한 태도를 보였다.

"수고해."

로이스는 흐뭇한 미소를 지으며 전당 안으로 들어갔다.

'후후, 역시 칭호는 좋고 봐야 해.'

전투력이나 명성 모든 걸 떠나서 공연히 어깨에 힘이 들어가는 기분이었다.

"어서 오세요, 상마왕 학살자 로이스 님."

어떻게 알았는지 메이드 소녀들도 로이스를 보며 더없이 정중한 태도로 허리를 숙였다.

오늘은 이곳에 상급 기사들이 대거 소집되는 것 때문인지 널따란 홀에는 메이드 소녀들이 수십 명이나 대기 중이었다.

"이쪽으로 앉으세요, 로이스 님."

"고마워."

메이드 소녀의 안내에 따라 로이스는 홀의 중앙에 있는 테이블에 앉았다.

아직 홀에는 상급 기사들이 절반 정도 모여 있는 상태였는데, 그들 모두의 시선은 로이스에게 집중되어 있었다.

"상마왕 학살자라고?"

"내가 잘못 들은 건가?"

"아니야. 나도 들었어. 분명 상마왕 학살자라고 했다고!"

용병계의 상급 기사들 중 상마왕 학살자라는 칭호를 가진 이는 아무도 없었다.

심지어 세 명의 미스토스 군주들도 마찬가지였다.

그들은 많은 명성을 쌓은 것 덕분에 '대단한 업적을 이룬 자' 혹은 '군주의 자격을 갖춘 자' 라는 칭호를 달고 있을 뿐이다.

상마왕 학살자!

그것은 현 용병계 유일의 말 그대로 전설적인 칭호에 해당했다.

"오! 설마 상마왕을 처치했다는 말인가?"

"이건 용병계의 경사라고!"

"맙소사! 상급 기사가 상마왕을 이겼다니!"

그들 중 일부는 로이스 앞에 와서 조심스레 묻기도 했다.

"상마왕 학살자 로이스 님! 실례가 되지 않는다면 어떤 상마왕을 처치했는지 알려 주시겠습니까?"

"바스모란 녀석이야. 별거 아니었어."

로이스는 못 대답해 줄 것도 없다는 생각에 대답했다.

"제8위 상마왕 바스모! 정말 그를 해치우셨다는 말입니까?"

"오오! 그럴 수가!"

"세상에!"

상급 기사들뿐 아니라 메이드 소녀들도 모두 로이스를 바라보며 경탄성을 발했다.

그러자 그때 막 홀 안으로 들어온 거무즈가 크게 웃으며 외쳤다.

"그뿐이 아니라 제2위 중마왕 스펠룬카, 제49위 중마왕 하이무카루스도 모두 로이스 님의 손에 죽었지. 그 외에도 수두룩하지만 말이야."

"그게 정말입니까, 거무즈 님?"

"대단하군요! 그렇다면 지금 당장 미스토스 군주가 되셔도 충분하겠어요."

상급 기사들이 다시 놀랐다. 거무즈가 고개를 끄덕이고는 다시 크게 외쳤다.

"그래서 나 블러디 울프 거무즈는 로이스 님을 미스토스 군주로 추대하려고 한다."

란데프도 뒤질세라 크게 외쳤다.

"강철 주먹 란데프! 로이스 님을 미스토스 군주로 추대하겠습니다."

"불꽃 법사 헤이리아! 로이스 님을 미스토스 군주로 추대하겠습니다."

"전장의 학살자 하크론! 로이스 님을 미스토스 군주로……."

"바람의 검 케인! 로이스 님을……."

언제 끌어모았는지 거무즈와 란데프의 뒤를 따라 들어온 상급 기사들이 일제히 로이스를 미스토스 군주로 추대하겠다고 외쳤다.

"와아아아아!"

"나 상급 마족 학살자 루테난! 추대에 찬성한다!"

"나도 찬성이다! 상마왕 학살자라면 자격은 충분해!"

"로이스 님! 부디 미스토스 군주가 되어 주십시오!"

홀에 있던 모든 상급 기사들이 일제히 일어나 함성을 질렀다.

생각보다 열렬한 반응에 놀란 로이스는 빙긋 웃으며 손을 흔들었다.

"좋아. 미스토스 군주가 되어 주겠다."

저렇게 모두들 간절히 원하는데 왜 사양하겠는가.

그리고 어차피 용병계의 신분과 상관없이 로이스는 미스

토스 군주가 될 몸이었다.

"와아아아! 우와아아아!"

"새로운 미스토스 군주의 출현이다!"

"용병계에 또 한 분의 미스토스 군주가 나타나셨다!"

상급 기사들의 함성으로 인해 홀 전체가 떠들썩해졌다.

바로 그때였다.

"미스토스 군주 아스텔 님이 들어오십니다."

힘찬 음성과 함께 홀 안으로 일단의 인물들이 들어왔다.

은빛 플레이트 메일을 두르고 백색의 검을 찬 금발 청년!

그가 바로 미스토스 군주 아스텔이었다.

그를 보는 순간 상급 기사들이 일제히 그를 향해 예를 취했다.

"미스토스 군주 아스텔 님을 배알합니다."

아스텔은 담담히 미소 지으며 손을 흔들었다.

"됐으니 모두 자리에 앉으라. 그보다 무엇 때문에 이리 소란스러웠나?"

그 말과 함께 그는 힐끗 로이스를 노려봤다.

홀 안에 있는 모든 상급 기사들이 자신을 향해 깍듯이 인사를 하는데, 유독 한 명만 팔짱을 낀 채로 오연히 자리에 앉아 있었으니 당연히 눈에 띌 수밖에 없었다.

'또 저 녀석인가?'

아스텔은 로이스의 얼굴을 기억했다.

그러고 보니 지난번에도 로이스 혼자 딱 저 자세로 앉아 군주에 대한 예를 취하지 않았던 것이다.

"그대, 처음처럼 로이스라고 했나? 날 보자고 했던 것 같은데?"

순간 로이스가 픽 웃었다.

Chapter 5
영멸(永滅)의 사슬낫

"언제 적 칭호를 말하는 거냐? 난 상마왕 학살자다."

스스로의 입으로 이렇게 말하니 왠지 낯 뜨겁긴 했다.

그래도 로이스는 상급 기사들이 잔뜩 모여 있는 앞에서 처음처럼이 어쩌고 하니 왠지 울컥했던 것이다.

순간 아스텔이 어이없다는 듯 인상을 찌푸렸다.

"상마왕 학살자? 그 무슨 헛소리를?"

"사실입니다, 아스텔 님. 용병패를 확인했습니다."

뒤따르던 경비 무사 중 하나가 다급히 아스텔에게 말했다. 그러자 아스텔의 표정이 경악으로 물들었다. 그러다 일순 로이스를 묘한 표정으로 쳐다봤다.

"설마 상마왕 바스모를 해치운 것으로 칭호를 얻은 건가?"

"잘 아는군."

로이스는 고개를 끄덕였다. 순간 아스텔이 피식 웃었다.

"바스모는 절대용자 아이언이 해치운 것으로 알고 있었는데 아니었나?"

"아이언의 도움을 받은 것은 사실이지만 내가 죽인 건 맞아."

"운 좋게 마지막 일격을 날려 명성을 얻은 것이로군. 그래도 어쨌든 축하하네."

운 좋게 라는 말을 꼭 붙일 필요가 있었을까?

로이스는 내심 아스텔의 말투가 거슬렸지만 일단 참았다. 용병계에 오면 최대한 성질을 죽이라는 릴리아나의 부탁 때문이었다.

"그보다 따로 묻고 싶은 게 있는데 언제 시간을 내 줄 거지?"

"그대의 접견 요청을 내가 수락했으니 언제든 찾아오면 된다."

"그럼 잠시 후에 찾아가겠다."

"그러든가."

아스텔은 여전히 로이스의 태도가 마음에 안 드는지 인

상을 찌푸린 채 대답했지만, 그렇다고 접견 요청을 거절하지는 않았다.

그는 곧바로 상급 기사들을 향해 외쳤다.

"모두 들어라! 대마왕 불칸이 부활한 후 마왕들이 더욱 날뛰고 있다. 절대용자들이 상마왕들에 의해 발이 묶인 사이 상급 용자들 대부분이 죽었고, 지금은 하급 용자들이 유린당하고 있다. 또한 수호자를 잃은 수많은 대륙들을 마왕들이 피로 물들이고 있는 상황이다. 이에 나 군주 아스텔은 다시 우리 용병계가 본래의 자리로 돌아가 용자들과 힘을 합쳐야 할 때라고 생각한다. 이는 나뿐만 아니라 다른 군주들의 뜻이기도 하다."

그러자 상급 기사 중 하나가 물었다.

"상급 용자들이 죽은 것은 내부의 배신자 때문이었습니다. 그런데 배신자가 누군지도 모르는 지금 섣불리 다시 용자들과 힘을 합쳐도 되겠습니까?"

그에 아스텔이 대답했다.

"그것은 우리 군주들 또한 충분히 우려하고 있는 상황이다. 아직 당시의 배신자가 누구인지 밝혀내지 못했기 때문이다. 하지만, 지금처럼 우리 용병계와 용자들이 거리를 두고 있는 것이야말로 마왕들이 가장 원하는 바일 것이다. 더 이상 마왕들의 농간에 놀아나서는 안 된다. 지금 이 순간에도 수없이 무너져 가는 소세계 대륙들을 우리가 용자들과 힘을 합쳐 지켜 주어야 할 것이다."

"옳습니다!"

"아스텔 님의 뜻에 따르겠습니다."

"다시 용자들과 힘을 합쳐야 합니다!"

상급 기사들 대부분이 아스텔의 뜻에 동조했다.

그들 또한 마왕들에 의해 소세계의 대륙들이 무너져 가는 모습을 보며 안타까워하고 있었기 때문이다.

그때 홀의 입구에서 누군가 외쳤다.

"미스토스 군주 루나 님이 들어오십니다."

"미스토스 군주 마르스 님이 들어오십니다."

순간 상급 기사들이 다시 일제히 일어났다.

군주 루나와 마르스!

그들은 아스텔보다 전투력이 강한 군주들로 좀처럼 모습을 드러내지 않았다.

그런 그들이 상급 기사의 전당에 모습을 드러냈다는 것은 그만큼 지금의 상황이 심각하다는 뜻이리라.

군주 루나는 남색의 윤기 나는 머리카락을 가진 여성이었는데 전신을 흑색의 갑옷으로 두르고 있었다.

조각처럼 완벽해 보이는 이목구비에, 무척이나 무뚝뚝해 보이는 얼굴이었다.

눈빛도 고요히 가라앉아 있어 마치 혼자서 딴 생각을 하는 것처럼 보였다.

그 뒤로는 훤칠한 체격을 가진 오크가 걸어오고 있었다.

온갖 기괴한 문양이 가득 빛나는 회색빛의 갑주!

등 뒤로 묶어 놓은 두 자루의 거대한 도끼!

험악한 인상답게 전신에서 풍겨 나오는 기세도 실로 가공스러웠다.

그가 바로 미스토스 군주 마르스였다.

물론 겉모습만 오크일 뿐 실상은 거무즈나 란데프처럼 느크족이었다.

"군주 루나 님을 배알합니다."

"군주 마르스 님을 배알합니다."

상급 기사들은 공손히 예를 취했다.

로이스는 여전히 팔짱을 끼고 앉아 힐끗 그들을 쳐다봤다.

'아스텔보다 마르스가 더 강하고, 루나는 이들 둘을 합친 것보다 강하군.'

슬렁슬렁하게 대충 보는 것 같아도 로이스는 단번에 군주들의 전투력을 간파했다.

군주 루나와 마르스가 들어오자 아스텔도 살짝 그들에게 고개를 숙인 채 예를 취했다.

"어서들 오십시오. 이들에게 상황은 모두 설명했습니다."

그러자 루나는 고개를 끄덕였다. 그리고는 상급 기사들을 돌아보며 말했다.

"미스토스 용병계는 다시 이전처럼 용자들을 전폭적으로 지원할 것이다. 이번에는 그대들만이 아니라 우리 군주들도 함께 출전할 것이다."

군주 마르스도 크게 외쳤다.

"쿠후훗! 불안해할 것 없느니라. 용병계에서 몸이나 사리면서 죽치고 있는다고 미스토스가 우리에게 떨어지는 건 아니지 않으냐? 마왕들과 맞서는 걸 두려워하지 말라, 상급 기사들이여!"

"두렵지 않습니다!"

"으하하하! 그렇지 않아도 몸이 근질거려 죽을 지경이었습니다."

"군주들이 앞장서는데 뭐가 두렵겠어요?"

"쿠우오오! 당장 가서 모조리 쓸어버립시다!"

상급 기사들은 모두 투지에 불타고 있었다.

그런 그들을 보며 로이스 또한 가슴이 뜨거워졌다.

이유야 어찌 됐든 용병계가 용자들을 지원하는 건 잘 된 일이니까.

'그런데 저 중 누가 배신자일까?'

로이스는 머리가 아팠다.

손가락으로 군주의 목걸이를 만지작거렸다.

'뭐해? 빨리 좀 알아내 봐. 다른 때는 잘도 알려 주더니 왜 가만히 있는 거냐?'

탈락티스의 말이 진실인지 아닌지도 알려 준 군주의 목걸이였다.

그러나 한참을 바라보고 있어도 아무런 반응이 없었다.

그사이 군주들은 돌아가며 상급 기사들에게 격려의 말을 했고, 또한 상급 기사들을 일정 인원씩 부대로 편성하기도 했다.

그렇게 마무리가 될 때쯤.

거무즈가 돌연 번쩍 일어나 말했다.

"저는 블러디 워리어 거무즈입니다. 이 자리를 빌려 새로운 미스토스 군주를 추대하고자 합니다."

그러자 루나와 마르스가 의외란 듯 놀란 표정을 지었다. 다만 아스텔은 어느 정도 짐작하고 있었는지 그냥 인상만 찌푸리고 있을 뿐이었다.

"새로운 미스토스 군주라고? 그게 누군가?"

성질 급한 마르스가 물었다. 그러자 거무즈가 로이스를 가리켰다.

"바로 상마왕 학살자 로이스 님이십니다."

"상마왕 학살자?"

이에 루나와 마르스가 다시 놀라는 표정을 지었고, 아스텔은 여전히 인상을 찌푸린 채로 피식 웃으며 말했다.

"절대용자 아이언이 다 죽여 놓은 녀석을 운 좋게 마지막 일격으로 죽였다고 하더군요. 뭐 그래도 상마왕 바스모를 해치운 게 틀림이 없으니 상마왕 학살자 칭호가 틀린 건 아닙니다."

"바스모가 아이언에게 죽은 줄 알았는데' 의외로군."

루나는 다시 무표정한 얼굴로 돌아갔고, 마르스는 로이스를 향해 감탄의 표정을 지으며 크게 웃었다.

"쿠후훗! 잘했다. 잘했어. 막타건 뭐건 상마왕을 죽인 것은 잘한 일이야. 그것도 실력이 없으면 불가능한 일이라고! 우하하하핫! 상마왕 중 하나를 우리 용병계의 상급 기사가 해치운 것이니 이거야말로 경사 아닌가?"

로이스는 마르스를 보며 만면에 미소를 지었다.

"군주들 중 그나마 그대가 마음에 드는구나. 맞아. 막타도 실력이거든. 뭘 모르는 녀석들이나 운이 어쩌고 하며 헛소리를 지껄이지만 말이야."

그러자 아스텔이 코웃음을 치더니 로이스를 힐끗 노려봤다.

"과연 그만한 실력이 있으면서 큰소리를 치는 건가?"

번쩍!

하나의 거대한 검이 생성되어 로이스의 정수리로 내리꽂혔다.

물론 그것은 환영이었다.

옆의 상급 기사들은 의식조차 할 수 없는 신비한 환영 공격!

물리적인 공격이 아니라 마음을 공격하는 것으로, 이 검에 베이고 나면 일순 전의를 상실해 버리게 된다.

상대의 기세를 꺾어 버릴 때 아주 유용한 공격이었다.

그런데 그 환영 검은 로이스가 큭, 하고 한 번 웃자 그대로 소멸되어 버렸다.

"죽고 싶냐?"

동시에 로이스가 힐끗 아스텔을 노려봤는데, 그 순간 일어난 섬광은 그야말로 섬뜩하기 이를 데 없었다.

이에 아스텔이 경악하는 표정을 지었다. 루나와 마르스 역시 의외라는 듯 눈을 크게 떴다.

"그, 그럼 계속해서 말씀드리겠습니다."

그 순간 거무즈가 잽싸게 외쳤다. 뭔가 로이스가 사고를 칠 기세여서 재빨리 주의를 환기시킨 것이다.

"이미 로이스 님의 명성은 4천만에 육박하며, 미스토스 상급 기사 열 명 이상이 로이스 님을 미스토스 군주로 추대했습니다. 따라서 이제 마지막 절차만 남았습니다."

그 마지막 절차는 로이스가 세 명의 군주 중 하나와 전투를 벌이는 것이었다.

물론 그 전투를 승리해야 하는 것은 아니고, 그저 실력을 인정받으면 충분했다.

그리고 대상은 로이스가 지정할 수 있게 되어 있었다.

아스텔이 고개를 끄덕였다.

"그렇다면 자격을 인정한다."

군주 루나와 마르스도 끄덕였다.

"군주로 추대된 것을 축하한다, 로이스."

"우리 중 누구를 상대로 택할 건가?"

셋 다 로이스를 보며 오연한 미소를 짓고 있었다.

비록 방금 전 로이스가 아스텔의 환영 검을 단번에 흩어버리긴 했지만, 그것만으로 로이스의 실력을 인정할 수는 없었다.

직접 전투를 벌여 과연 군주의 자격이 될 만한지 알아봐야 했다.

그리고 모두들 로이스가 아스텔을 선택하리라 예상했다.

세 명의 군주들 중 그나마 가장 약한 자가 아스텔이니까.

그래야 실력을 인정받기가 상대적으로 수월할 것이기 때문이다.

그러나 모두의 예상을 깨고 로이스가 선택한 대상은.

“군주 루나! 그대와 겨루겠다.”

로이스는 너무나 당연하다는 듯 여유로운 표정을 지으며 루나를 가리켰다.

그러자 모두들 기막혀하는 표정을 지었다.

현존하는 미스토스 군주들과 절대용자들을 통틀어 최강의 실력을 가졌다는 군주 루나에게 도전장을 내밀다니.

물론 그녀에게 승리하지 않아도 그녀가 실력을 인정해 주기만 하면 되겠지만, 과연 루나가 그리 쉽게 인정해 줄지 의문이었다.

“도전을 받아들이겠다, 로이스.”

루나는 별다른 표정의 변화 없이 고개를 끄덕였다.

로이스의 두 눈이 빛났다.

“지금 당장인가?”

“그대가 원한다면.”

루나의 입가에 묘한 미소가 맺혔다.

“물론 원한다. 내가 어디로 가면 되지?”

“따라와라.”

루나는 상마왕의 전당 내부에 위치한 미스토스 수련장으로 들어갔다.

그곳은 예전에 로이스가 거무즈와 결투를 벌였던 곳으로, 미스토스의 힘이 작동하는 장소였다.

즉, 몸이 쪼개지고 가루로 변해도 죽지 않고 본래로 회복되는 터라 실전 같은 결투가 가능했다.

잠시 후 미스토스 수련장.

로이스와 군주 루나가 서로를 고요히 응시하고 있었고, 수련장 외곽으로는 미스토스 상급 기사들이 빙 둘러서 있었다.

결투의 여파가 내부에만 미치는 터라 그 어떤 강력한 충격이 일어난다고 해도 관전자들에게는 아무런 영향이 없었다.

군주의 자격을 시험하는 것인 만큼 관전은 미스토스 상급 기사 이상에게만 허락되었다. 군주 마르스와 아스텔 또한 관전자 중에 포함되어 있었다.

마르스가 팔짱을 낀 채로 인상을 구기며 말했다.

"이거 너무 싱겁겠군. 루나 님은 상대가 누구이든 사정을 봐주지 않는 분 아닌가. 시작하자마자 로이스란 녀석은 두 쪽이 나고 말 거야."

"그렇게 당해 봐야 제 분수를 파악할 녀석이죠. 세상 무서운 줄 모르고 날뛰고 있으니 기를 좀 꺾어 놓을 필요가 있습니다."

아스텔은 여전히 로이스가 마음에 들지 않았다.

반면에 마르스는 비교적 로이스에 대해 호의를 가진 터였다.

"막타가 됐다 해도 바스모를 끝장낼 실력이면 미스토스 군주가 될 자격이 충분해. 문제는 루나 님이 너무 간단히 저 녀석을 해치워 버린 후 실력을 인정하지 않을 수도 있다는 거야."

"후후, 뭘 그리 우려하십니까? 차라리 잘된 거죠. 저 따위 녀석이 우리와 같은 군주 반열에 오른다는 건 도무지 말도 안 되는 일입니다."

"자네는 저 녀석이 꽤나 마음에 들지 않나 보군. 사실 나도 저 녀석의 무례한 태도가 그리 마음에 드는 건 아니네만, 그래도 지금은 새로운 영웅이 필요해. 대마왕 불칸의 부활에 모두들 사기가 떨어져 있는 상황이거든. 이때 미스토스 군주가 한 명 더 등장하면 모두의 사기가 대폭 오르지 않겠나."

그러자 아스텔은 수긍이 간다는 듯 고개를 끄덕였다.

"그렇기는 합니다만 과연 루나 님이 인정하실지 의문입니다."

"일단 결투를 지켜봐야겠지만 쉽지 않겠지."

군주들이 그렇게 생각하고 있어서인지 상급 기사들 대부분은 로이스가 당장 군주로서 인정받기는 어려울 것이란 생각이 대세였다.

물론 이번에 인정받지 못한다고 해서 영원히 군주가 될 수 없는 것은 아니었다.

자격을 갖춘 이는 일정한 시간이 흐른 후 다시 군주들에게 도전할 수 있기 때문이다.

어쨌든 나중에는 모를까 다들 이번 결투는 회의적이었다.

그래서인지 거무즈는 한숨을 내쉬었다.

"에구! 부대장님이 설마 루나 님께 도전을 할 줄은 몰랐다."

"그러게 말입니다. 아스텔 님께 도전했으면 그나마 가능성이 높았을 텐데요."

란데프도 맥 빠진 표정이었다. 그들 역시 로이스가 아무리 상마왕 바스모를 처치할 정도로 강하다고 해도 루나에게는 상대도 되지 않을 거라 생각했다.

그만큼 미스토스 군주 루나는 용병계의 전설적인 존재였으니까.

레카온만큼은 아니어도 그의 뒤를 이을 최강의 미스토스 군주가 될 것이라 모두들 기대가 가득한 터였다.

그런 와중에 새파란 풋내기 미스토스 군주 후보자가 루나에게 도전을 했으니 얼마나 가소롭겠는가.

그러나 정작 로이스와 마주 선 루나는 바싹 긴장한 터였다.

'내 앞에서도 저토록 여유로운 표정이라니. 객기인가? 아니면?'

그녀는 상대가 누구이든 결투에서는 최선을 다한다.

그래서 그녀 전용 무기이자 용병계 최강의 무기라 할 수 있는 무기를 꺼내 쥐었다.

영멸(永滅)의 사슬낫!

핏빛으로 번쩍이는 것만 아니면 낫에 사슬을 엮어 놓은 평범한 사슬낫처럼 보이지만, 무려 신화 등급의 무기였다.

저 사슬낫이 한 번 번뜩이면 그 앞에 있는 것은 뭐든 다 두 쪽이 나 버렸으니까.

차원력을 제외하면 가히 최강이라 할 수 있을 만한 가공스러운 기운이 내재되어 있기 때문이었다.

수많은 마왕들이 저 사슬낫 아래에서 차원계의 저편으로 사라졌을 만큼 대마계까지 악명이 자자한 무기였다.

"으으! 저게 바로 영멸의 사슬낫이냐?"

"보기만 해도 심장이 멈춰 버릴 것 같아."

멀리서 관전하던 상급 기사들도 심장이 철렁 내려앉는 듯 두려워 떨었다. 심지어 미스토스 군주인 마르스와 아스텔마저 인상을 찌푸릴 정도였다.

그러나 로이스는 그저 평범한 농사용 낫을 보는 듯 시큰둥한 기색이었다.

그는 무기도 꺼내지 않고 두 주먹을 불끈 쥔 채 정면을 노려보며 말했다.

"먼저 공격해라. 내가 먼저 공격하면 재미가 없거든."

"사양하지 않겠다."

루나는 선공을 양보하겠다는 로이스의 말에 어이없어하면서도 이내 고개를 끄덕였다.

'무슨 자신감인지 모르지만, 과연 그에 걸맞은 실력이 있는지 보겠다.'

사실 모두의 우려와 달리 그녀는 로이스가 아스텔의 절반 정도 수준만 되어도 실력을 인정해 줄 생각이었다.

군주 마르스의 말처럼 지금 같은 상황에 새로운 미스토스 군주의 출현은 용병계는 물론이고 절대용자들에게도 사기가 매우 고무될 만한 희소식이 될 것이기 때문이다.

하지만 그렇다고 해서 적당히 봐줄 생각은 없었다.

팟―!

영멸의 사슬낫이 거대하게 변해 로이스가 있던 공간을 갈랐다.

워낙 빠른 속도이다 보니 관전하고 있던 상급 기사들은 무슨 일이 벌어졌는지도 몰랐다.

오직 미스토스 군주인 마르스와 아스텔만이 감탄성을 발할 뿐이었다.

"첫 번에 저리 강한 공격을 펼치다니 무슨 수로 막으라는 말인가."

"저건 저도 피하기 힘든 공격입니다."

그들은 로이스가 반 토막이 나 버렸을 것이라 생각했다.

그러나 그런 그들은 이내 두 눈을 부릅뜨고 말았으니.

영멸의 사슬낫이 스쳐 지나간 공간에 로이스가 두 주먹을 앞으로 내민 채 우뚝 서 있었기 때문이다.

전신에 적지 않은 타격을 입은 듯 피투성이로 변했지만 쓰러지지 않고 버텨 냈다.

"저럴 수가! 설마 영멸의 사슬낫을 주먹으로 받아친 건가?"

"그건 불가능한 일입니다."

마르스와 아스텔은 도저히 믿을 수 없다는 듯 두 눈을 부릅뜬 것도 모자라 입까지 쩍 벌리고 말았다.

마찬가지로 상급 기사들도 그제야 로이스가 루나의 공격을 받아 냈다는 사실을 알아채고는 모두 경탄성을 질렀다.

"오오! 저럴 수가!"

"루나 님의 공격을 버텨 내다니!"

"맙소사! 쓰러지지 않았어!"

"대단해! 저 정도면 충분히 실력을 인정받고도 남을 거야."

거무즈와 란데프의 표정도 희열로 물들었다.

"쿠하하핫! 부대장님의 실력이 저 정도일 줄은 몰랐군."

“케헷! 이건 전설로 기록될 겁니다.”

그렇게 모두가 호들갑을 떨며 함성을 질러 댔지만 로이스는 전투에 집중하느라 그런 소리들은 귀에 들어오지 않았다.

‘소문대로 제법 세군.’

주먹으로 막았는데도 생명력이 대폭 하락할 줄이야.

[맷집 208994/257980]

맷집의 5분의 1정도가 저 괴상한 낫질 한 번에 사라지고 만 것이다.

뭐 그래도 덕분에 두 가지 축복 인장이 곧바로 효력을 발휘했다.

[용자 유리안의 축복 인장이 효력을 발휘합니다.]

[당신의 생명력이 하락한 만큼 공격력이 증가합니다.]

[용자 아이언의 축복 인장이 효력을 발휘합니다.]

[당신의 생명력이 하락한 만큼 방어력이 증가합니다.]

인장들의 효과로 로이스는 비록 부상은 입은 상태지만 전투력이 대폭 상승했다.

"호오! 제법이로군."

로이스가 첫 번째 공격을 받아 내자 루나는 당혹스러워하기보다는 오히려 즐거워하는 기색이었다.

"그럼 이것도 한번 받아 봐라!"

번쩍! 파앗—

다시 영멸의 사슬낫이 날아들었다.

아까와 달리 이번에는 사슬낫이 두 개로 늘어난 상태였다.

휙! 까앙!

로이스는 잽싸게 몸을 움직여 그중 하나를 피해 냈다. 동시에 다른 하나는 주먹으로 후려갈겼다.

"맙소사! 또 쳐 냈다!"

"으! 저런 무식한 놈 같으니!"

마르스가 입을 쩍 벌렸다. 아스텔은 기가 막히다 못해 맥빠진 표정을 지었다.

지금 보여 준 방어 능력만으로도 그는 로이스가 자신보다 월등히 강한 실력을 가지고 있음을 인정해야 했기 때문이다.

[맷집 176980/257980]

로이스는 방금 전의 공격에도 제법 타격을 입었지만, 아까에 비해 훨씬 피해가 적었다.

이는 맷집이 떨어진 만큼 방어력이 늘어났기 때문이다.

그리고 지금 다시 또 맷집이 하락했다.

[용자 유리안의 축복 인장이 효력을 발휘합니다.]

[당신의 생명력이 하락한 만큼 공격력이 증가합니다.]

[용자 아이언의 축복 인장이 효력을 발휘합니다.]

[당신의 생명력이 하락한 만큼 방어력이 증가합니다.]

덕분에 전투력이 또 상승했으니!

부상을 당할수록 강해지는 사기적인 능력!

상처 입은 사자가 더욱 무섭듯이 로이스 또한 그와 같았다.

'크! 인장들의 능력이 꽤 쓸 만한걸.'

영멸의 사슬낫의 공격에 전신 곳곳이 터져 나가 피 칠갑을 한 상태였지만 로이스는 오히려 흥미롭다는 듯 히죽 미소를 지었다.

동시에 그의 두 눈은 투지로 이글거렸다.

'싸움은 이제부터 시작이다. 각오해라, 군주 루나!'

이렇게 되자 루나 역시 살짝 당혹스러워하는 표정을 지었다.

'저런 무식한 녀석이 있다니!'

그녀는 입안에서 비릿한 맛을 느끼고는 인상을 구겼다.

사실 모두들 로이스의 상태에만 관심을 가지고 있을 뿐, 루나가 방금 전 하마터면 입에서 피를 쏟을 뻔했다는 사실은 알지 못했다.

로이스가 주먹으로 사슬낫을 후려친 순간 일어난 강력한 반발력에 루나에게 충격이 역으로 돌아왔다.

물론 이는 그녀가 방심했기 때문이지, 본래 그 정도의 충격으로 내상을 입을 그녀가 아니었다.

설마 로이스가 그런 식으로 강하게 사슬낫을 후려쳐 역습을 가해 올 줄은 몰랐던 터라 순간적으로 충격을 받고 만 것이다.

'하마터면 개망신을 당할 뻔 했어.'

그런 그녀는 로이스가 히죽 웃는 모습이 눈에 들어오자 울컥하고 말았다.

"감히 날 비웃는 것이냐, 로이스? 그럼 이것도 한번 받아 봐라."

루나의 두 눈에서 마치 태양같이 강렬한 안광이 폭사되었다.

동시에 그녀의 사슬낫이 공간을 마구 휘저으며 무수한 그림자를 만들어 냈다.

휘휘휘휘! 파파파팟—

자존심이 상한 루나는 그녀의 필살기인 붕멸(崩滅)을 펼치고 말았다.

이는 강적이 나타났을 때 그녀가 전력을 다해 최후의 공격을 날리는 것으로, 상대가 완전히 박살날 때까지 사슬낫이 멈추지 않고 미친 듯이 공격하는 것이었다.

이 필살기의 가공 무쌍한 위력으로 인해 그녀의 사슬낫이 영멸의 사슬낫이라 불리게 된 것이었으니.

카캉! 휘휙! 카카캉!

로이스는 정신없이 사슬낫을 피하고 쳐 내고 피하고 또 쳐 냈다.

그러다 보니 맷집은 계속 하락했다.

[맷집 127408/257980]

[당신의 생명력이 하락한 만큼 공격력이 증가합니다.]

[당신의 생명력이 하락한 만큼 방어력이 증가합니다.]

그리고 그때마다 축복 인장들이 위력을 발휘하며 공격력과 방어력이 증가했다.

그로 인해 전투력이 점점 더 상승하자 로이스는 사슬낫을 더욱 쉽게 쳐 내며 점차 앞으로 전진했다.

전신이 피투성이로 변했지만 신기하게 그의 두 주먹만은 흠집조차 나지 않았다.

카캉! 카카캉!

신비한 백색의 투명한 오러로 뒤덮인 두 주먹이 무수한 그림자를 그리며 연속되는 사슬낫의 공격을 가볍게 쳐 내 버렸다.

그와 함께 한 발짝 한 발짝 다가서는 로이스를 보며 루나는 간이 덜컹 내려앉는 듯했다.

'저놈은 대체 정체가 뭐지?'

Chapter 6
새로운 미스토스 군주

피로 물든 혈인이 히죽 웃었다.

더도 덜도 말고 딱 한 방만 때리겠다!

로이스는 아무 말도 하지 않았지만 그의 이글거리는 눈빛은 그렇게 말하고 있었다.

그리고 로이스의 주먹에 한 방 맞는 순간 루나는 자신이 어떤 처참한 지경으로 변할지 충분히 짐작이 갔다.

'악마 같은 놈이야.'

제2위 상마왕 데르테로스와 싸운다 해도 이토록 버겁지 않으리라.

아니, 그녀가 도저히 넘을 수 없는 상대라 생각하는 제1

위 상마왕 프리뭄과 싸운다 해도 이처럼 섬뜩한 기분이 들지는 않을 것이다.

'하지만 내가 질 것 같으냐?'

그녀는 이를 악물고 더욱 사력을 다해 영멸의 사슬낫을 휘둘렀다.

[맷집 57408/257980]

그러다 보니 로이스의 맷집은 계속 하락했다.

여기서 조금만 더 하락하면 생명력이 20%가 되어 미호의 의지가 발동된다.

'제길! 다 좋은데 좀 아프긴 하군.'

생명력이 20% 근처까지 떨어진 상태이니 만큼 무슨 지옥에라도 떨어진 듯 끔찍한 고통이 밀려왔다.

그러나 그와 동시에 세상 모든 걸 다 박살 내 버릴 것 같은 불가사의한 괴력이 솟구치고 있었으니!

이는 물론 생명력이 하락할수록 공격력과 방어력이 증가하는 두 축복의 인장 때문이었다.

[맷집 57401/257980]

문제는 방어력이 얼마나 증가했는지 사슬낫을 주먹으로 쳐 내도 맷집이 거의 하락하지 않는다는 것!

이대로라면 미호의 의지가 발동되는 것도 쉽지 않으리라.

물론 전투력이 대폭 상승하다 못해 광폭의 지경에 이르렀으니 전투에 있어서는 이상적인 상태이긴 했다.

고통스럽다는 것만 빼면 지금 이 상태로 불칸과 맞짱을 떠도 이길 수 있을 것 같다는 생각이 들 정도였으니까.

스윽.

그사이 로이스의 공격 반경 안으로 루나가 거의 들어왔다.

이제 한 발짝만 더 내디디면 그대로 루나를 향해 한 방을 날릴 수 있을 만한 거리였다.

바로 그 순간.

"그대의 실력을 인정한다, 로이스!"

루나가 돌연 뒤로 훌쩍 물러나더니 약간은 묘한 표정으로 외쳤다.

"……!?"

로이스는 맥 빠진 표정으로 우두커니 섰다.

그리고는 잡아먹을 듯한 눈빛으로 루나를 노려봤다.

"이봐, 지금 장난해?"

사람을 이 지경으로 만들어 놓고 막 한 방 치려니까 실력을 인정한다니.

인정을 하려면 좀 빨리하든가.

사실 로이스가 무적 방어기인 광휘의 막을 펼친 채 돌진했으면 상처조차 입지 않은 채 루나를 쓰러뜨렸을 것이다.

그러나 그것은 실제 강적을 만났을 때나 쓰는 최후의 필살기 중 하나.

그런 걸 많은 이들이 관전하고 있는 결투에서 드러내 보일 필요는 없으리라.

물론 그것을 쓰지 않으면 안 될 만큼 루나가 강하다면 모르겠지만, 사실 로이스는 전투력의 절반도 드러내지 않은 상태였다.

영멸의 사슬낫이라 불리는 무기가 무척이나 흥미로워 그것의 움직임을 파악하고 있었을 뿐.

그 와중에 사슬낫 회피 전술이 생겨나기도 했다.

그러다 보니 어느덧 루나의 사슬낫이 움직이는 궤적은 눈 감고도 파악할 수 있었다.

더 이상 맞아 줄 필요가 없어졌으니 이제 통쾌하게 한 방 후려칠 일만 남았는데.

딱 그 시점에 루나가 여우같이 눈치를 채고 결투를 끝낸 것이다.

"장난이라니! 난 그대의 실력을 충분히 인정한다고 했다, 로이스."

사실 지금 루나는 상당한 충격을 받은 것은 물론이고 전신에 맥이 다 빠진 상태였다.

그녀가 해 볼 수 있는 모든 공격을 퍼붓고도 로이스를 어쩔 수 없었기 때문이다.

게다가 로이스의 무지막지한 주먹에 맞을 생각을 하니 도저히 결투를 더 이어 갈 수 없었다.

'저건 인간의 주먹이 아니야.'

물론 미스토스 수련장이다 보니 죽지는 않겠지만, 그래도 차라리 검에 목이 베일망정 로이스의 주먹에만은 맞고 싶지 않았던 것이다.

그런 그녀의 속이 훤히 들여다보이는 터라 로이스는 울컥했다.

"어이, 너무하는 것 아니냐?"

그렇다고 실력을 인정한다 말하며 결투를 끝낸 상대를 후려칠 수도 없는 터였다.

"살살 칠 테니까 딱 한 방만 맞아라."

"결투는 끝났다, 로이스."

루나는 로이스의 애타는 시선을 애써 외면하며 다른 군주들을 쳐다봤다.

“그대들도 보았듯이 미스토스 상급 기사 로이스는 나 군주 루나의 공격을 잘 버텨 냈다. 나는 로이스가 미스토스 군주가 될 자격이 충분하다 여긴다. 그대들의 생각은 어떤가? 인정할 수 없다면 그대들이 직접 시험해 봐도 좋을 것이다.”

순간 로이스가 힐끗 마르스와 아스텔을 노려봤다.

그러자 그들이 재빨리 만면에 미소를 가득 피우며 대답했다.

“쿠후훗! 군주 루나 님이 실력을 인정했는데 내가 어찌 따로 시험을 하겠소? 난 무조건 인정하겠소.”

“하핫! 저도 당연히 인정합니다.”

곧바로 아스텔은 로이스를 향해 최대한 사람 좋아 보이는 미소를 지었다. 로이스를 얕보던 이전의 표정은 씻은 듯 사라진 터였다.

“군주 로이스! 새로운 미스토스 군주의 탄생을 진심으로 축하하네!”

아스텔이 그렇게 외치자 관전하고 있던 모든 상급 기사들도 일제히 함성을 지르며 외쳤다.

“와아아아아!”

“쿠하하핫! 축하합니다, 로이스 님!”

“용병계에 새로운 미스토스 군주가 탄생했다!”

"미스토스 군주 로이스 님 만세!"

루나와 마르스의 예상대로 새로운 군주의 탄생은 곧 새로운 영웅의 출현이었다.

상급 기사들은 말 그대로 축제 분위기였다.

얼마나 감격했는지 눈물을 흘리는 이들도 있었고, 크게 웃으며 환호하는 이들도 많았다.

"아! 이제 마왕들을 다 쓸어버릴 수 있겠군요."

"오늘 일을 용자들도 들으면 기뻐하겠죠."

"네 명의 군주와 절대용자들이 모이면 대마왕 불칸이라도 충분히 상대할 수 있을 겁니다."

"맞소! 이제 승산은 우리 쪽에 있소!"

물론 그들은 로이스가 군주 루나를 낭패케 할 만큼 강하다는 사실은 알지 못했다.

로이스가 만신창이 상태로 그녀의 공격을 받아 내기만 했기 때문이었다.

하지만 그것만으로도 그들은 로이스가 미스토스 군주로서 충분한 자격이 있다고 생각했다. 군주 루나의 공격을 받아 내는 것은 그만큼 대단한 능력을 요구하기 때문이다.

잠시 후 미스토스 군주의 전당.

로이스를 비롯한 네 명의 군주들이 모였다.

루나가 로이스를 바라보며 말했다.

"우리 용병계는 군주들의 뜻에 의해 움직인다. 군주들의 뜻이 일치하지 않을 때는 회의를 통해 찬반을 결정하되, 이때 각 군주는 동등한 자격으로 발언권을 가진다."

"모두 동등한 자격이라면 반반의 의견이 나올 경우에는 어떻게 하지?"

로이스가 묻자 루나가 뭔가 난감해하는 표정을 지으며 대답했다.

"지금까지는 군주가 셋이다 보니 그런 문제가 없었는데 그대가 합류한 이상 그럴 수도 있겠군. 뭐 그땐 서로 다시 조율을 하면서 의견을 일치시켜야겠지."

"좋아. 그럼 지금 회의할 게 있어?"

"이번에 우리 용병계가 다시 절대용자들과 협력하자는 건은 이미 결론을 내린 일이었다. 그러나 로이스 그대가 군주가 된 이상 다시 한 번 그에 대해 의견을 묻지 않을 수 없다."

그러자 아스텔이 살짝 인상을 찌푸리며 말했다.

"루나 님, 그 건은 이미 끝난 얘기입니다. 새로운 군주가 나타났다고 다시 그 일의 가부를 논한다는 건 좀……."

"용병계의 규율에 따라 그대 두 군주들의 주장을 나도 어쩔 수 없이 받아들이긴 했지만, 그 일은 신중해야 한다고 본다. 배신자를 아직 찾아내지 못한 상황에서 섣불리 절대용자들과 협력하다 이전처럼 뒤통수를 맞는다면 두 번 다시 우리 용병계와 절대용자들은 서로를 신뢰하기 힘들게 될 것이다."

들어 보니 마르스와 아스텔이 용병계와 절대용자들 간 협력을 주장했고, 루나는 반대의 입장이었던 것이 분명했다.

다만 회의에서 2대 1로 마르스 등의 의견이 우세를 보이자 그녀는 자신의 주장을 굽히고 그들의 뜻을 따르기로 한 것이었다.

'그럼 저 둘 중에 한 명이란 얘긴데.'

군주 마르스와 군주 아스텔!

과연 저 중에 누가 배신자일까?

가까이서 대화를 나눠 보면 혹시 알 수 있을까 했지만 아직은 아니었다.

군주의 목걸이를 만지작거렸지만 별다른 반응이 없었다.

순간 마르스가 로이스를 쳐다봤다.

"군주 로이스! 그대의 생각은 어떤가? 어차피 루나 님이 의견을 제시한 이상 그 일에 대해 다시 논의를 해야 할지도 우리가 결정해야 하네."

로이스는 시큰둥한 표정으로 대답했다.

"그보다 어떤 식으로 절대용자들과 협력할 생각인지 그것부터 듣고 싶은데?"

그러자 아스텔이 미소 지으며 대답했다.

"그건 이미 상세히 작전을 짜 두었네. 상마왕들을 한곳으로 유인한 후 절대용자들과 우리 미스토스 군주들이 한번에 그들을 공격하는 것이지."

"상마왕들을 한곳으로 모으면 그들을 이길 수 있어?"

"현재 대마왕 불칸과 제1위 상마왕 프리뭄은 전면에 나서지 않고 있네. 그들이 언제 움직일지 알 수 없네만, 적어도 지금은 아니야."

로이스는 속으로 싸늘히 웃었다.

'탈락티스의 말에 의하면 상마왕 프리뭄이 전면에 나선다고 했는데?'

따라서 프리뭄이 나서지 않는다는 전제하에 짜여진 작전은 무조건 실패하게 되어 있었다.

그래도 로이스는 일단 내색하지 않고 계속 들어 보기로 했다.

아스텔과 마르스 중에 누가 배신자인지 알아내는 게 중요하기 때문이다.

"그럼 나머지 여덟 명의 상마왕은 죽일 수 있다는 거야?"

“지금이야말로 절호의 기회이지. 우선 제2위 상마왕 데르테로스는 군주 루나 님이 맡고, 제3위 상마왕 테르티움은 절대용자 중 최강인 라피스가 맡게 될 거야.”

이는 이미 알려진 사실이니 충분히 가능했다.

“그리고 나머지 여섯은 절대용자 여섯과 그대와 나, 그리고 마르스 님이 협공을 하면 충분히 승산이 있네. 제8위 상마왕 바스모가 사라진 상태에, 새로운 군주인 그대가 가세한 이상 무조건 우리가 이기게 되어 있지.”

“상마왕들이 생각처럼 그리 쉽게 당하지는 않을 것 같은데?”

“물론 여덟 명의 상마왕 모두를 죽이는 건 불가능해. 하지만 그중 단 한두 명이라도 죽일 수 있다면, 그것만으로도 우리에게는 엄청난 쾌거가 될 거네. 마왕들의 기세를 꺾어버린 터라 향후 전쟁의 주도권이 우리에게 넘어올 거란 뜻이지.”

“제법 그럴듯하군.”

로이스가 고개를 끄덕이자 아스텔과 마르스의 표정이 환해졌다. 반면에 루나는 안색을 굳힌 채 회의적인 태도를 보였다.

“아스텔, 그대의 말대로만 된다면 정말 우리에게 승산이 있는 건 맞다. 그러나 과연 상마왕들이 한곳으로 집결할지가 의문이고, 또한 만약 그곳에 제1위 상마왕 프리뭄이나 대마왕 불칸이 나오기라도 한다면 어찌할 건가?"

"그런 식으로 따지고 들면 그 어떤 작전도 펼칠 수 없습니다. 전쟁에서는 늘 변수가 생겨날 수 있는 터라 세상에 완벽한 작전이란 존재하지 않습니다."

"그래서 무작정 밀어붙이겠다는 건가?"

"루나 님도 아시겠지만 시간이 갈수록 전쟁은 우리에게 불리하게 펼쳐질 겁니다. 대마계에 의해 하급 용자들과 소세계가 지속적으로 공격을 받게 될 거고, 종국엔 용자들이 모두 사라질지 모릅니다."

"그건 나도 우려하는 바야."

"우려가 곧 현실이 될지 모릅니다. 용자들이 사라지면 우리 용병계에서 절대적인 숫자를 차지하고 있는 미스토스 병사들이 용자들로부터 미스토스를 얻을 수 없게 됩니다. 그것은 곧 용병계 전체가 위태해진다는 것을 의미하고, 그럼 결국 대마계에 우리 용병계도 복속되고 말 것입니다."

아스텔은 눈을 빛내며 말을 이었다.

"따라서 지금 기회가 있을 때 그것을 활용해 상마왕 중 일부라도 쓸어버려야 합니다. 대마왕 불칸과 상마왕 프리뭄이 아무리 강해도 그 이하 상마왕들이 맥을 못 추는 상황이면 절대용자들과 우리 미스토스 군주들이 충분히 막아

낼 수 있습니다. 하지만 이때를 놓치면 두 번 다시 우리에게 그런 좋은 기회는 오지 않을지도 모릅니다."

그 말에 군주 마르스도 동의한다는 듯 고개를 끄덕이며 말했다.

"내 말이 바로 그것이오, 루나 님. 어떤 작전이든 완벽한 승산이란 존재할 수 없는 법이오. 만약 프리뭄이 나타나면 재빨리 철수하여 후일을 도모하면 되는데 뭘 그리 우려하시는지 모르겠소."

그러자 루나는 한숨을 내쉬더니 로이스를 향해 물었다.

"군주 로이스! 그대의 생각은 어떤가?"

로이스는 잠시 생각에 잠겼다. 그러다 막 입을 열려는 순간.

밖에서 누군가 외쳤다.

"군주님들께 아룁니다. 지금 절대용자 라피스의 총사 로카니아가 뵙기를 청하는데 어찌 할까요?"

그 말에 모두들 깜짝 놀랐다.

절대용자 중 최강의 존재라는 라피스.

그의 총사가 용병계를 방문하다니.

이건 또 무슨 일인가?

루나가 말했다.

"이곳으로 모셔라."

"예."

본래 용자의 총사들은 따로 마련된 특별한 결계진 속에서 용병들과 대면해 계약을 하게 된다. 그러나 군주의 전당은 예외적으로 직접 총사들을 불러와 대면이 가능했다.

"저는 절대용자 라피스 님의 총사 로카니아입니다. 미스토스 용병계의 군주들을 뵙게 되어 영광이군요."

로카니아는 마치 현자와 같은 신비한 분위기를 풍기는 여성이었다.

루나가 미소 지었다.

"오랜만이군, 로카니아. 이곳엔 무슨 일인가?"

그런데 로카니아는 로이스를 보며 고개를 갸웃했다.

"한데 이분은 누구신지? 설마?"

그러자 마르스가 크게 웃으며 대답했다.

"그대의 짐작대로다, 로카니아. 우리 용병계에 또 한 명의 군주가 탄생했지. 미스토스 군주 로이스다."

"아! 놀랍군요! 이는 용병계뿐 아니라 우리 용자들에게도 커다란 경사예요!"

로카니아는 로이스의 이름을 처음 들어 봤다는 듯 두 눈에 이채를 발했다.

순간 로이스는 고개를 갸웃했다.

'내 이름을 모르는 건가?'

분명 아이언의 부하인 프리나스가 그에게 로이스의 말을 전했을 것이다.

그리고 아이언이 그 내용을 다른 절대용자들에게 알려줬다면, 지금 로카니아가 로이스의 이름을 알아야 정상이었다.

그런데 마치 처음 듣는 것 같은 표정을 지을 줄이야.

'아직 아이언이 절대용자 라피스에게 내 말을 전하지 못했나 보군.'

그때 로카니아가 곧바로 정중하게 인사했다.

"미스토스 군주 로이스 님을 뵙게 되어 영광이에요."

"영광은 무슨. 그보다 여긴 무슨 일로 온 거지?"

로이스는 절대용자 라피스의 총사가 이곳에 온 이유가 궁금했다.

그러자 로카니아가 로이스뿐 아니라 다른 군주들을 차례로 모두 바라본 후 입을 열었다.

"제가 이곳에 온 이유는 더 이상 미스토스 용병계와 용자들이 서로를 불신해서는 안 된다는 라피스 님의 뜻을 전하기 위해서예요."

그 말을 들은 군주들의 표정이 묘하게 변했다.

루나는 인상을 살짝 찌푸렸고 마르스와 아스텔은 반색하는 듯했다.

루나가 물었다.

"그 뜻은 절대용자들 모두의 일치된 생각인가? 아니면 절대용자 라피스만의 뜻인가?"

"현재 상마왕들의 방해로 인해 절대용자들이 모두 서로의 뜻을 맞춰 볼 만큼 여유로운 상황이 아니에요. 그래도 절대용자 코페르 님과 아가트 님은 이미 라피스 님과 뜻을 같이 하기로 했어요. 조만간 절대용자 오르 님과 아이언 님, 플롱 님, 자드 님도 모두 뜻을 같이하시겠죠. 그분들이 이 일을 반대하실 이유가 없거든요."

루나는 팔짱을 낀 채로 로카니아를 노려봤다.

"절대용자들은 우리 미스토스 용병계를 의심하고 있었다. 왜 갑자기 생각이 바뀐 것인가?"

"그러한 의심은 마왕들의 간계에 의해 형성된 것이죠. 배신자가 있다는 사실보다 용병계와 용병들이 서로를 믿지 못한다는 것이 더욱 큰 문제예요. 이러다 결국은 대마계의 마왕들에게 각개 격파당하고 말 테니까요."

그 말에 아스텔이 고개를 끄덕이며 답했다.

"내 생각도 그렇소. 배신자가 솔직히 있는지도 의문인 상황이오. 비록 상급 용자들이 당한 건 안타까운 일이지만, 당시에 마왕들이 어떤 사악한 농간을 부려서 그 작전을 간파했을 수도 있지 않겠소?"

"어쩌면 배신자는 애초부터 없을 수도 있어요. 마왕들이 그렇게 서로를 의심하게 만들었을 뿐이죠. 어처구니없게도 우리 모두가 정말 마왕들의 농간에 놀아난 건지도 몰라요."

로카니아는 안타까운 듯 탄식했다. 루나가 그녀를 향해 말했다.

"일단 물러가서 대기하라, 로카니아. 이 일은 매우 중한 일이니 군주들끼리 회의를 통해 결정한 후 통보하겠다."

"네, 부디 라피스 님의 깊은 뜻을 헤아려 주셨으면 해요."

로카니아는 군주의 전당 회의실 바깥으로 나갔다.

루나가 표정을 굳힌 채 물었다.

"마르스와 아스텔! 그대들은 라피스의 제의를 수락하자는 입장이겠지?"

"물론입니다."

"일이 잘 풀리는 것 같아 다행입니다."

마르스와 아스텔은 당연하다는 듯 고개를 끄덕였다. 루나는 로이스를 쳐다봤다.

"로이스 그대의 뜻은 어떤가?"

로이스는 순간 머리가 복잡해졌다.

'이게 대체 어떻게 돌아가는 거냐?'

탈락티스는 분명 먼저 협력을 제의하는 누군가가 프리뭄과 내통한 배신자라고 말했다.

그리고 그는 미스토스 군주들 중에 배신자가 있을 거라 확신했다.

그래서 로이스는 아스텔과 마르스를 의심하는 중이었는데, 지금 라피스를 비롯한 세 명의 절대용자가 협력을 제의해 온 것이다.

그럼 그들 중에 배신자가 있을 수도 있다는 얘기다.

물론 절대용자들 중에 그런 미친 짓을 할 자는 없겠지만, 그래도 또 혹시 모르는 일인 것이다.

절대용자 중에 타락한 용자가 생겨나지 않는다고 누가 보장을 할 수 있겠는가.

'이건 도무지 모르겠군.'

로이스는 인상을 구긴 채 고개를 흔들었다.

'가만! 내가 왜 이런 고민을 하고 있지?'

바로 이런 일들에 아주 능숙하고 전문적인 부하들이 있는데 말이다.

곧바로 로이스는 모두를 향해 말했다.

"난 볼일 좀 보고 오겠다. 대답은 그 후에 해 주마."

"볼일이 급한가 보군. 좀 참으면 안 되나? 이건 중요한 일이다, 군주 로이스."

로이스가 말한 볼일을 루나는 생리적 현상으로 인한 볼일로 알아들은 모양이었다.

마르스와 아스텔 또한 그와 같은 표정이었다.

로이스는 어이가 없었지만 이내 진지한 표정으로 말했다.

"급해서 그래."

"그럼 어쩔 수 없지. 어서 다녀와라. 기다리고 있겠다."

루나는 흔쾌히 고개를 끄덕였다. 그러자 로이스는 곧바로 그 자리에서 사라졌다.

마르스가 크게 웃었다.

"쿠훗! 잘됐어. 사실 나도 아까부터 뱃속이 좀 별로였다."

아스텔이 고개를 갸웃했다.

"마르스 님은 몬스터를 통째로 삼켜 드시는 분이 아닙니까? 뱃속이 고장 나는 경우도 있었나요?"

"누가 고장 났다고 했나? 내 말은 배가 매우 고프다는 뜻이야."

"흐, 역시나 그러면 그렇지."

아스텔은 어깨를 으쓱했다. 루나가 미소 지었다.

"기왕 이렇게 된 것 모두 잠시 쉬었다가 다시 모이는 게 좋겠군."

"좋은 생각이오! 난 배를 좀 채운 후 오겠소."

"전 머리 좀 식히고 돌아오겠습니다."

마르스와 아스텔은 벌떡 일어났다.

한편 로이스는 릴리아나의 꽃밭으로 이동했다.

군주의 반지를 통해 불과 5옵소니온의 미스토스를 소모해 귀환한 것이다.

본래 10옵소니온이 필요한데, 레온의 축복 인장 덕분에 반으로 줄었다.

물론 군주의 반지가 아니고도 그냥 미스토스의 힘을 들여 언제든 릴리아나의 꽃밭으로 귀환할 수 있지만, 그것은 훨씬 더 많은 미스토스가 소모되었다.

"로이스 님! 귀환하셨군요."

릴리아나가 환하게 웃으며 로이스를 반겼다. 곧바로 그녀는 준비해 뒀던 유액을 로이스에게 내밀었다.

"어서 드세요."

"고마워. 그렇지 않아도 목이 말랐는데 잘됐네."

로이스는 유액을 벌컥벌컥 마신 후 아이리스와 로디아를 불러 지금 미스토스 용병계에서 벌어진 일들을 말해 줬다.

"너희들이 볼 땐 어떤 녀석이 배신자 같아?"

그녀들도 막 용자 레온의 성에서 귀환한 터였는데, 침착하게 로이스의 설명을 듣고는 생각에 잠겼다.

아이리스가 눈을 빛내며 말했다.

"뭔가 짚이는 게 있긴 하지만 섣불리 단정할 수 없군요. 혹시 그 중마왕 탈락티스를 불러 주실 수 있나요? 그와 얘기를 해 보면 좀 더 확실해질 것 같아요."

"어렵지 않지."

로이스는 즉시 상마궁 바스모에 있는 탈락티스를 소환했다.

그러자 거대한 흡혈귀 형상의 마왕 탈락티스가 나타나 로이스 앞에 부복했다.

"로드, 저를 부르셨습니까?"

"넌 이제 여기 있는 아이리스와 로디아에게 최대한 협조하도록 해. 골치 아픈 문제니까 머리 좀 써야 할 거야."

"흐흐, 저도 머리라면 어디 가서 뒤지지 않습니다, 로드. 염려 마시고 맡겨 주십시오."

로이스에게는 골치 아픈 문제들이지만 아이리스 등에게는 매우 흥미로운 의논거리였다.

"후후, 좋아! 그럼 각자 좋아하는 걸 하자고."

머리 쓰는 걸 좋아하는 녀석들에겐 머리를 쓰라고 하고, 로이스는 느긋하게 낚시나 즐기기로 했다.

그러자 스텔라가 싱글거리며 로이스의 뒤를 따라왔다.

"로드! 정말 오랜만에 낚시를 하시네요. 오늘은 생선 좀 굽나요?"

생선 굽기 능력 덕분에 로이스가 구운 생선은 맛이 기막혔다. 그 맛을 잊지 못하는 스텔라는 로이스가 언제 생선을 굽나 항상 기다려 왔던 것이다.

"생선 구이? 좋아, 구워 줄게."

"헤에~ 맛있겠다."

스텔라의 눈이 아이처럼 반짝였다. 로이스는 그녀를 힐끗 쳐다봤다.

"내가 낚시하는 동안 너도 할 일이 있어."

"뭔데요?"

"아스피스 성에 좀 다녀와."

"거긴 왜죠?"

"이꼬트들에게 이슬떡을 사 와. 그냥 맛으로만 먹을 거라 최고급 이슬떡 말고 맛 좋은 이슬떡이면 돼."

최고급 이슬떡은 섭취 시 며칠 분의 공복을 해결해 주며 생명력과 마나를 회복시켜 주는 효능까지 있는 비싼 약이었다.

반면에 맛 좋은 이슬떡은 맛은 최고급 이슬떡과 비슷하지만 그냥 보통의 떡일 뿐 특별한 효력 같은 건 없었다.

그건 스텔라도 잘 알았다.

그녀도 가끔씩 맛 좋은 이슬떡을 사 먹기 때문이다.

"얼마나요?"

"많을수록 좋아. 그걸 나눠 주면 말을 잘 듣는 녀석들이 많거든. 돈은 릴리아나에게 말하면 알아서 줄 거야."

"네, 그럼 다녀올게요."

"기왕 간 김에 아스피스 성의 상황도 한번 알아봐. 요즘 마왕들이 작정하고 용자들을 공격하고 있다고 했으니까."

"네, 로드."

곧바로 스텔라는 릴리아나를 찾아갔다.

Chapter 7
볼일을 보러 간 로이스

"릴리아나 님!"

"무슨 일이죠, 스텔라?"

"로드께서 이슬떡을 사 오라고 심부름을 시키셨어요. 돈은 릴리아나 님께 받으라고 하셔서."

이렇게 말을 하면서도 스텔라는 뭔가 낯이 뜨겁긴 했다.

라키아 대륙 최강의 암살자!

전설의 어새신으로 불리던 그녀가 아닌가.

최근에는 성장의 선물인 수련의 서를 통해 그랜드 마스터의 경지도 넘어섰고, 나날이 강해지는 중이었다.

웬만한 마족들은 날파리 잡듯 가볍게 죽일 수 있게 됐고,

슬슬 하급 마왕과도 한 번 붙어 볼 수 있겠다 싶을 만큼 자신감도 붙었다.

스텔라는 그런 자신이 이슬떡 심부름이나 하고 있다니 왠지 우스웠던 것이다.

'근데 난 왜 이런 게 더 재밌지?'

뿐만 아니라 빨리 다녀와서 생선 구이를 얻어먹겠다는 마음도 가득했다.

그러자 릴리아나가 미소 지었다.

"그럼 다녀와요, 스텔라."

츠읏!

그 순간 스텔라의 앞쪽에 작은 게이트가 하나 생겨났다.

"이건 뭐죠?"

"돈 창고로 통하는 게이트에요."

"아!"

로이스와 그의 부하들이 벌어들이는 돈이 너무 많다 보니 릴리아나는 직접 돈을 관리하지 않고 정령들에게 맡겨 둔 터였다.

20억 베카까지는 세었던 것 같은데 그 이상은 포기였다.

확실한 건 앞으로 돈 걱정할 일은 전혀 없다는 것!

그렇다고 돈을 막 쓸 수는 없는 일.

때문에 빠릿빠릿한 정령들에게 관리를 맡겨 둔 것이다.

"들어가 봐요. 정령들이 필요한 만큼 돈을 줄 거예요."

"네."

베카와 가디가 들어있는 창고로 들어가는 게이트라니.

대체 얼마나 큰 창고이기에 이렇게 게이트까지 열고 들어가야 하는 것일까?

스윽.

돈 창고 게이트 안으로 한 발짝 들어가 앞을 바라본 스텔라는 입을 쩍 벌렸다.

"세상에! 저게 다 돈이야?"

방대한 공간에 베카와 가디가 산더미처럼 쌓여 반짝였다.

그것도 그냥 쌓여 있는 게 아니라 갖가지 형상을 이루고 있었으니.

커다란 저택의 형태로 쌓여 있기도 했고, 나무나 풀들의 모양을 하고 있는 것들도 있었으며, 그것들이 모여 숲을 이루고 있기도 했다.

찰랑. 찰랑.

바닥에 낙엽처럼 밟히는 것도 모두 돈이었다.

이따금 바람이 불기도 했는데 그때마다 허공에서 반짝이는 푸른 보석들이 눈처럼 떨어져 내렸다.

좌르르! 좌르르르!

그것들 역시 중구난방으로 쌓이지 않고 멋들어진 나무의 형상을 이루었다.

'베카와 가디들이 계속 쌓이고 있네.'

이는 지금도 로이스의 부하 중 누군가가 몬스터나 마물들을 해치우고 있음을 의미했다.

아마도 루니우스일 것이다. 그녀는 잠시도 쉬지 않고 마족 소탕을 하러 나가곤 했으니까.

"아하하하, 돈이다! 돈!"

사방 천지에 돈이 가득 쌓이고 있는데 이걸 보고 기분 나빠할 사람이 누가 있을까?

"호호호! 여기서 그냥 눌러 살까 보다."

그야말로 꿈에서나 볼 법한 광경이었다.

스스스.

그런 그녀의 앞에 바람의 정령이 나타나 말했다.

"필요한 금액을 말씀해 주세요, 스텔라 님."

"맛 좋은 이슬떡을 잔뜩 살 만한 돈이면 돼."

그러자 바람의 정령의 눈이 총명하게 반짝였다.

"최고급 이슬떡이 아닌 맛 좋은 이슬떡이라면 요즘 아스피스 성에서 1가디당 두 개에 팔고 있어요. 그럼 1베카에 200개군요. 10베카면 2000개고요. 그 정도면 될까요?"

놀랍게도 바람의 정령은 아스피스 성에서 파는 이슬떡의

가격을 정확히 알고 있었다.

스텔라는 고개를 끄덕였다.

"뭐 대충 2000개 정도면 충분하겠지."

"그럼 10베카를 드릴게요. 안녕히 가세요."

그렇게 스텔라는 베카 보석 10개만을 손에 쥐고 창고를 나와야 했다.

'쳇, 좀 챙겨 나올까 했더니.'

사방 천지에 돈이 가득하니 슬쩍 챙겨도 아무런 티도 안 날 것이다.

그러나 정령이 두 눈을 시퍼렇게 뜨고 쳐다보고 있는 터라 정해진 돈 외에는 낙엽처럼 굴러다니는 베카 하나도 주워 올 수 없었다.

하긴 릴리아나가 그리 허술하게 돈 관리를 하고 있겠는가.

그런 건 기대도 말아야 하리라.

'어서 심부름이나 다녀오자.'

곧바로 그녀는 포탈을 타고 아스피스 성으로 이동했다.

츠으으읏!

이 포탈은 릴리아나가 고용한 미스토스 정령들이 관리하는 곳으로 로이스의 부하들만 이용 가능했다.

"스텔라 님 안녕하세요?"

"응. 이 성은 별일 없지?"

"지금 전쟁 중이에요. 수십 명의 마족들이 쳐들어왔거든요."

그 말을 들은 스텔라는 깜짝 놀랐다.

수십 명의 마족들이 나타나다니!

마족 몇 명 정도야 아스피스 성의 힘으로 충분히 감당할 수 있을 것이다.

이곳엔 루니우스의 부친 카로드 공작이 용자의 기사로 있기 때문이다. 또한 그 이하 소드 마스터급 검사들도 속속 아시엘 휘하의 기사로 들어온 상태였다.

하지만 수십 명의 마족이라면?

게다가 마족들이 타락한 용자 제라칸의 부하들과 함께 왔다면 낭패를 당할 수도 있었다.

"근데 왜 루비아나 성에 보고를 안 했어?"

"그렇지 않아도 릴리아나 님께 막 보고를 드리려던 참이었어요."

스텔라가 미소 지었다.

"그럼 넌 어서 보고해. 난 로드의 심부름을 가야 하거든."

그녀에게는 마족들과의 전투보다 로이스의 심부름이 더 중요했다.

일단 심부름부터 끝내고 아스피스 성을 도우러 다시 올 생각이었다.

그런데 중앙 광장의 이꼬트 카페에 가 보니 문이 닫혀 있었다.

[전쟁 중 일시 휴업!]

문 앞에는 이러한 팻말도 보였다.

'이런!'

그러고 보니 이꼬트들도 수성을 도우러 간 것이 분명했다.

그러던 그녀의 앞에 이꼬트 디안의 모습이 눈에 띄었다.

"디안?"

"아, 스텔라 님이시군요."

"잘됐다. 내가 지금 맛 좋은 이슬떡 2000개가 필요해서 말이야."

"와아! 대량 주문이네요. 하지만 지금은 안 돼요. 전시에는 이슬떡도 중요한 군량이거든요."

"2000개만 따로 빼 주면 안 돼?"

"죄송하지만 그건 안 돼요. 전쟁이 끝나면 오세요. 그럼 전 이만 가 볼게요."

디안은 이슬떡이 잔뜩 들어 있는 바구니를 들고 어딘가로 바쁘게 뛰어갔다.

'젠장!'

스텔라는 마음이 조급했다.

'이러다 로드께서 생선을 혼자 다 드시고 용병계로 떠나실지도 몰라.'

그렇다고 전쟁 중이라는 핑계로 그냥 돌아갈 수도 없는 일.

심부름을 완수하지 않으면 로이스는 생선 구이를 절대 주지 않을 것이다.

'어쩔 수 없어. 최대한 빨리 전쟁을 끝낸다.'

스텔라는 이슬떡을 사기 위해서라도 마족들을 빨리 쫓아버리기로 했다.

한편 그때 아시엘은 용자의 대전에 있는 옥좌에 앉아서 전장을 살피고 있었다.

이전에는 내성 중앙 망루 위에서 사방을 살피며 전쟁을 지휘했지만, 성의 규모가 커진 지금은 그것이 쉽지 않았다.

차라리 용자의 대전에서 미스토스 입체 지도를 펼쳐 둔 채로 전장을 살피며 명령을 내리는 것이 훨씬 수월했던 것이다.

"내성 광장에 스텔라 님이 보이네요. 벌써 루비아나 성에서 지원을 온 걸까요?"

아시엘의 말에 총사 타르파가 반색했다.

"하핫! 정말 빠르군요. 이번 전쟁은 우리 아스피스 성의 힘으로도 충분해서 따로 지원은 요청하지 않으려 했는데 말입니다."

그러자 아시엘이 고개를 끄덕였다.

"마왕이 나타난 것도 아니고 마족들이 좀 몰려온 것뿐인데 이조차도 우리 힘으로 막아 내지 못하면 로이스 님께 고개를 들 수가 없게 돼요. 모두 전력을 다해 마족들을 쓰러뜨려 주세요."

"예, 아시엘 님."

용자의 대전에는 스위니와 카로드를 필두로 용자의 기사들이 쭉 도열해 있었다.

아시엘이 다시 말했다.

"어차피 미스토스 방어 결계가 있는 한 마족들과 마물들은 아스피스 성으로 접근하지 못해요. 하지만 분명 타락한 용자 제라칸의 부하들도 함께 왔을 테니 곧 방어 결계가 흩어지고 말 거예요."

그러자 경비대장 스위니가 씩씩하게 외쳤다.

"염려 마세요. 아스피스 성에는 지금 1만의 미스토스 용병들뿐 아니라 사르곤 제국 연합에서 파견된 2만의 병력도 있어요. 모두 정예병들이니 성 안으로 단 한 마리의 마물도 들어오지 않게 막아 내겠어요."

수석 기사 카로드도 눈을 빛내며 외쳤다.

"속히 출전 명령을 내려 주시지요, 아시엘 님."

"출전 명령을 내려 주소서!"

"우하핫! 마족들과 마물들을 모조리 쓸어버리겠습니다!"

플레인 백작을 비롯해 소드 마스터급 검사가 20여 명.

이 중에는 용자의 기사는 아니지만 사르곤 제국 연합군에 속한 각 군단의 수장들도 있었다.

그들의 충성심도 용자의 기사들 못지않았다.

아시엘은 환하게 웃으며 고개를 끄덕였다.

"그대들의 용맹스러운 모습을 보니 안심이 되는군요. 하지만 마족들 중에 최상급 마족이 셋이나 나타난 이상 절대 방심해서는 안 돼요. 모두에게 미스토스의 축복이 함께하기를……."

그 순간 용자의 옥좌에서 찬란한 빛이 일어나 용자의 기사들의 몸을 감쌌다.

번쩍! 화아아아—!

이는 미스토스를 소모해 아군의 전투력을 일시적으로 상승시켜 주는 축복.

아시엘이 최근 각성한 능력으로 축복의 지속 시간은 대략 하루 정도였다.

그로 인해 용자의 대전에 있는 모든 장수들의 눈빛이 더욱 강렬해졌다.

"오오! 힘이 납니다!"

"이 정도면 마왕이 나타나도 해 볼 만하겠습니다!"

"용자의 축복을 받은 이상 아무 것도 겁나지 않습니다!"

사기가 충천해진 그들을 향해 아시엘이 벌떡 일어서며 크게 외쳤다.

"모두 출전하라! 용자의 성을 공격해 온 마족들과 마물들을 모조리 죽여라!"

"명을 받듭니다!"

스위니를 비롯한 용자의 기사들이 바람처럼 각자의 자리로 향했다.

그사이 수십 명의 마족들과 수만의 마물들이 아스피스 성의 사방을 포위했다.

심지어 북쪽의 호수에도 마물들이 수두룩하게 포진되어 있었다.

용자의 기사들이 출전함과 동시에 마족들도 막 공격 명령을 내렸다.

"크카카카! 아스피스 성을 파괴하면 라키아 대륙을 약탈할 수 있다! 모두 돌격하라!"

"캬캬캬, 돌격하라!"

"풋내기 용자 아시엘의 성을 파괴해라!"

그러자 마물들이 우루루 성을 향해 몰려왔다.

그러나 그것들은 미스토스 방어 결계에 가로막혀 전진하지 못했다.

"꾸으윽! 앞이 막혀 갈 수 없습니다!"

"이 막을 없애 주십시오!"

최상급 마족 중 하나가 다급히 검은 후드를 두른 인간들에게 외쳤다.

"뭘 하는가, 용자 제라칸의 부하들이여! 어서 저 가증한 미스토스 방어 결계를 흩어 버려라."

"그 명령만 기다렸습니다. 잠시만 기다려 주시지요."

검은 후드 사내가 음침한 웃음을 흘리더니 미스토스 방어 결계를 향해 손을 뻗었다.

그리고 뭐라 주문을 외우려는 찰나.

서걱.

난데없이 날아든 붉은 검기가 검은 후드 사내의 목을 날려 버렸다.

그뿐이 아니었다.

번쩍! 촥! 촤악!

그 뒤쪽에 있던 10여 명의 검은 후드 인간들도 목이 잘려 나가거나 가슴에서 피를 뿜으며 쓰러졌다.

"크아악!"

"아악!"

그야말로 눈 깜짝할 사이에 벌어진 일.

최상급 마족들이 그것을 인지했을 때는 이미 용자 제라칸의 부하들이 몰살당한 후였다.

"네년은 뭐냐?"

"타락한 용자의 부하들만 전문적으로 죽이는 암살자라고 해 두지."

무뚝뚝한 표정으로 대꾸하는 이는 물론 스텔라였다.

가장 먼저 타락한 용자의 하수인들을 귀환시켜 버린다!

그간 아이리스 등과 함께 타락한 용자들을 상대하기 위한 방법들을 연구해 왔던 터라 스텔라는 단번에 이번 전쟁의 맥을 잡아 버린 것이었다.

"어쩌나. 이제 미스토스 방어 결계를 흩어 버리지 못할텐데 말이야."

"크큿! 제법 잔머리를 굴리는구나. 그래 봤자 또 그놈들을 데려오면 되는 것. 일단 네년부터 죽여 주……."

그러나 그 마족은 더 이상 말을 하지 못했다. 스텔라가 슬쩍 두 개의 단검을 교차해 휘두른 순간 그대로 십자 형상의 검기가 날아와 그를 쪼개 버린 것이다.

좌아악—!

"크아아아아악!"

그때부터 시작이었다.

스텔라는 마물들은 놔둔 채 마족들만 골라서 죽였다.

전설의 어새신 시절보다 가히 열 배 이상 빨라진 그녀의 움직임은 마족들조차 바로 앞에 그녀가 모습을 드러내야 간신히 눈치챌 수 있을 정도였다.

그러나 그때는 이미 그들의 목이 떨어진 뒤.

촥! 푸확! 푹! 푹!

"꾸어억!"

"커어어억!"

"크아아아악!"

그렇게 성의 사면에 위치한 수십 명의 마족들이 스텔라의 검에 의해 모조리 괴멸당하자 마물들은 기겁하며 도주하기 시작했다.

"쿠아아아! 피해라!"

"다, 다음에 보자, 용자!"

"모두 퇴각하라!"

그렇게 마물들이 전의를 상실하고 도주하는 장면을 스위니와 카로드를 비롯한 용자의 기사들은 물론이고, 미스토스 용병들과 사르곤 제국 연합군의 병사들도 멍한 표정으로 쳐다봤다.

제대로 한번 싸워 보겠다고 작정하고 막 출전하려던 찰나에 적들이 모조리 도망가고 있으니 얼마나 황당하겠는가.

카로드를 비롯한 소수의 강자들만 무엇 때문에 저런 일이 벌어졌는지 알아볼 수 있었다.

'스텔라! 그녀의 솜씨로군. 언제 또 저리 강해진 것인가?'

'과연 전설의 어새신! 마족들을 무슨 낙엽 떨어뜨리듯 쓰러뜨리다니 대단하구나.'

어쨌든 멍하니 지켜보고 있을 수는 없는 일.

기왕 칼을 빼 들었는데 무라도 베어야 하리라.

'미스토스의 축복을 받은 값은 해야지.'

카로드가 크게 외쳤다.

"모두 나가서 마물들을 죽여라! 한 놈도 놓치지 말고 모조리 없애 버려라!"

"와아아아!"

마물들이 도주했지만 워낙 숫자가 많다 보니 혼란에 빠져 오히려 성 쪽으로 도주해 오는 녀석들도 있었다.

카로드가 선봉으로 나가 마물들을 학살했고, 그 뒤로 병사들이 뒤따르며 마물들을 쓸어버렸다.

스슷.

그사이 스텔라는 내성 광장에 모습을 드러냈다.

이꼬트 디안이 환한 표정으로 카페의 문을 열려 하고 있었다.

스텔라는 반색했다.

"디안! 이제 전쟁이 곧 끝날 테니 이슬떡을 살 수 있겠구나."

"물론이죠. 이천 개면 좀 많은 양이지만 금방 모아 올 수 있어요."

그런데 그때였다.

이꼬트 아린이 다급한 표정으로 달려왔다.

"디안! 지금 용자 칼리스 님의 아쿠아스 성에도 마족들이 쳐들어왔대."

"그래?"

"그쪽은 여기와 달리 사정이 안 좋은가 봐. 지원을 요청하고 있어."

"그럼 군량도 지원해야겠구나."

"맞아. 이슬떡을 모아야겠어."

그들의 말에 스텔라는 움찔했다.

"잠깐! 내 이슬떡 2000개부터 먼저 주면 안 되니?"

"죄송해요. 아쿠아스 성의 전쟁이 끝난 후에 다시 얘기해요."

디안과 아린은 바쁜 듯 또 어디론가 사라졌다.

'심부름하기 참 힘드네.'

스텔라는 울컥했다.

'이럴 때가 아니야. 아쿠아스 성이라고? 마족 놈들 다 죽었어!'

그녀는 곧바로 포탈을 타고 아쿠아스 성으로 향했다.

부디 전쟁을 끝내고 그녀가 이슬떡을 들고 갈 때까지 로이스가 생선 구이를 다 먹지 않기를 바랄 뿐이었다.

한편 그 시간 미스토스 용병계 군주의 전당 회의실.

군주 마르스가 투덜거렸다.

"우라질! 그놈 변비인가? 뭐 이리 똥을 오래 싸고 있는 건가?"

그러자 아스텔이 인상을 찌푸렸다.

"거참, 군주답게 말 좀 가려 하시지요, 마르스 님."

"뭘 말인가?"

"볼일을 좀 오래 본다고 말하면 되지 똥을 싼다고 하는 건 좀 그렇지 않습니까? 막 식사도 마쳤는데 말이지요."

"그 말이 그 말이지 뭔가? 나에게는 별로 차이가 없다."

마르스는 별걸 다 신경 쓴다는 듯한 표정이었다.

그리고는 루나를 향해 말했다.

"루나 님, 용자의 총사를 이렇게 오래 기다리게 하는 건 무척이나 결례가 아니오? 그냥 우리끼리 결정해서 알려 주는 게 어떻소?"

"그럴 수는 없다."

루나는 단호하게 고개를 흔들었다.

"그 또한 엄연히 군주가 아닌가? 용병계는 군주 모두가 뜻을 모아 움직이는 곳이다. 그가 볼일로 인해 좀 늦는다고 해서 우리가 섣불리 결정해 버릴 수는 없는 일이다."

"아무리 그래도 이건 너무 늦지 않소? 똥을 만들어서 싸는 것도 아니고. 그 녀석이 어디서 잠이나 퍼 자고 있는지 어찌 알겠소?"

"그게 무슨 상관인가? 어쨌든 우린 기다린다."

애초부터 배신자를 찾아내기 전까지 섣불리 용자들과 협력을 하는 것에 반대해 왔던 루나로서는 급할 것이 없었다.

설마 그럴 리는 없겠지만 로이스가 며칠 동안 볼일로 인해 늦는다 해도 그냥 그러려니 할 것이다.

그런 루나의 태도에 마르스와 아스텔은 속이 터진다는 듯 깊은 한숨을 내쉬었다.

바로 그 시간 대마계 대마왕성의 대전.

프리뭄 또한 인상을 구긴 채 투덜거렸다.

"빌어먹을 녀석 같으니! 정말 열통 터지게 하는군."

순간 대마왕좌에 앉아 있던 불칸이 프리뭄을 노려봤다.

"지금 설마 나한테 하는 소리냐?"

"그럴 리가 있겠어요, 로드?"

프리뭄은 움찔하며 어색하게 웃었다. 불칸이 인상을 구겼다.

"그럼 누구한테 했다는 거냐? 지금 이곳 대전엔 너하고 나 딱 둘밖에 없다. 뭔가 몸이 근질근질한가 보구나."

"그, 그게 아니라……."

"크크큿! 그렇다면 날을 아주 잘 잡았다. 그렇지 않아도 요즘 내가 기분이 별로였거든."

그 말과 함께 불칸의 두 눈에서 섬뜩한 광망이 번뜩였다. 당장이라도 프리뭄을 패대기칠 기세였다.

"잠깐! 로이스란 녀석 때문이에요, 로드!"

프리뭄이 다급히 외쳤다. 불칸이 고개를 갸웃했다.

"로이스라고?"

순간 프리뭄의 이마에 시뻘건 눈 하나가 생겨났다.

프리뭄은 그 눈을 반짝이며 말했다.

"로드께서도 아시다시피 저는 서큐버스를 통해 몽인(夢印)을 박아 둔 녀석들의 마음을 읽을 수 있잖아요."

"그렇지. 그럼 그 애송이 미스토스 상급 기사 녀석에게 벌써 몽인을 박아 두었다는 거냐?"

"아직 그럴 기회는 없었어요. 다른 녀석의 마음을 읽으며 열통이 터질 뿐이죠."

"자세히 말해 봐라."

"잠시 후에 종합해서 보고드리려 했는데, 일단 그 로이스란 애송이 녀석이 조금 전 미스토스 군주가 되었어요."

"그놈이 군주가 되었다고?"

불칸의 두 눈이 차갑게 빛났다. 프리뭄이 숨죽이며 대답했다.

"또한 바로 그놈이 상마왕 바스모와 중마왕 스펠룬카를 죽인 녀석이었어요. 중마왕 하이무카루스도 그놈에게 죽었더군요."

순간 불칸이 이를 갈았다.

"으득! 그 망할 놈이 감히! 어쩐지 절대용자 아이언 혼자서 바스모를 죽였다는 것이 이상하다 했는데 뜻밖의 복병이 있었던가. 로이스란 녀석을 왜 제라칸 녀석이 골치 아파했는지 이제야 알겠구나."

"그렇게 상마왕 바스모와 중마왕 스펠룬카 등을 죽인 것으로 명성을 얻어 그놈은 미스토스 군주가 되었죠. 군주 루나가 날린 영멸의 사슬낫을 맨손으로 무수히 받아 낼 만큼 강한 전투력을 지녔음도 파악되었어요."

불칸의 눈썹이 꿈틀했다.

"그럼 루나보다 강하다는 건가?"

"그건 아닌 것 같아요. 루나가 그놈의 실력을 인정한 정도이니 대략 군주 마르스보다는 약하고 군주 아스텔보다는 살짝 강한 정도라 할 수 있어요."

"그럼 별건 아니지만 그래도 절대용자급이니 이래저래 골치는 아프겠군."

"맞아요, 로드. 문제는 지금 용병계 군주의 전당에서 군주들의 회의가 열리고 있는데, 그 로이스란 녀석이 돌연 볼일이 급하다고 나간 후 돌아오지 않는 중이라는 거예요."

"회의 중에 볼일이 급해 나갔다고? 급하게 탈이라도 난 건가?"

"그거야 모르죠. 아무튼 그것 때문에 결론이 나지 않아 제가 대책을 세울 수가 없으니 열불이 나 죽겠군요."

"별걸 다 열불 나 하는구나. 어차피 어떤 식으로 결론이 나든 우리에겐 다 유리한 상황이 될 텐데 말이야."

프리뭄이 핏발 맺힌 눈으로 대답했다.

"하지만 지금 어느 쪽으로도 결론이 나지 않고 있다는 게 문제예요. 그리고 바로 그 이유가 그 빌어먹을 자식이 용변을 보러 간 후 돌아오지 않고 있어서라는 거죠."

미스토스 용병계와 절대용자들의 향후 행보가 사실상 지

금 그곳 군주의 전당에서 결정되게 된다.

대마계의 향후 대응 전략을 결정할 프리뭄은 그래서 그곳 전당에서 벌어지는 일에 촉각을 곤두세우고 있는 것이다.

그런데 결정적인 순간에 로이스가 다른 일도 아닌 용변을 보러 다녀오겠다며 간 후 돌아오지 않고 있으니 얼마나 울화가 치밀겠는가.

그제야 불칸도 프리뭄의 심정을 이해하고는 인상을 찡그렸다.

"그 로이스란 놈 갈수록 마음에 안 드는군. 차원괴류 속에 웅크리고 있으니 섣불리 거점을 공격할 수도 없고 말이야."

"그리고 그래 봤자 그놈을 죽일 수도 없어요. 거점을 없애 타격만 좀 줄 뿐이죠. 절대용자들을 모두 쓸어버린 후에 그놈을 손볼 수 있는 방법을 찾아보겠어요."

순간 불칸이 음침하게 웃었다.

"크큿! 걱정 마라. 미스토스 군주는 미스토스를 모두 소모하게 만들어 없애면 된다. 내가 레카온을 어떻게 죽였는지 잊었느냐?"

"로드께서 직접 나서면 그놈이 죽는 건 시간문제죠."

"일단 그놈에 대한 모든 걸 다 파악해라. 어디서 태어났고, 어떤 능력을 가졌는지, 그놈의 약점이 무엇인지도 모두. 그리고 할 수 있으면 몽인을 박아 두는 것도 좋겠지."

"명을 받들겠어요. 틈을 봐서 그놈의 꿈에 서큐버스를 침투시킬게요."

프리뭄은 묘한 미소를 흘렸다.

그렇게 시간이 얼마나 흘렀을까.

불칸이 한동안 침묵했다가 돌연 물었다.

"그놈은 돌아왔느냐?"

"아직요. 모두 진이 빠진 상태로 로이스란 녀석이 돌아오기만을 기다리고 있어요."

결국 불칸도 울컥했다.

"우라질 놈! 똥을 만들어 싸기라도 하는 건가?"

"제 말이 그 말이에요."

프리뭄은 두 주먹을 불끈 쥐고 몸을 부들부들 떨었다.

그렇게 용병계의 군주들과 대마계 불칸 등이 열통 터져하고 있는 것도 모른 채, 로이스는 낚시로 잡은 생선을 맛좋게 굽고 있었다.

그것도 매우 태평스러운 표정이었다.

'후후, 맛있게 잘 익고 있네.'

지글 지글.

아직 스텔라는 심부름을 떠난 후 돌아오지 않았고, 아이리스와 로디아 등은 여전히 중마왕 탈락티스와 머리를 맞대고 심각하게 뭔가를 논의 중이었다.

그러나 로이스가 생선을 굽는 냄새가 진동하자 그녀들은 결국 참지 못하고 벌떡 일어나 달려왔다.

"다 끝났어?"

로이스가 힐끗 보며 묻자 아이리스와 로디아는 울상을 지었다.

"아직요. 먹고 하면 안 될까요?"

Chapter 8
프리뭄의 몽인

"배고파 죽겠어요. 카디나스 성에서 돌아온 후에 아무것도 못 먹었어요."

"그럼 어서 먹어. 먹으라고 구웠으니까."

"감사합니다, 로드!"

"잘 먹겠습니다."

생선 굽기 단계가 상승해서 그 냄새조차도 모두의 혼을 빼놓기에 충분했다. 심지어 중마왕 탈락티스도 머리를 긁적이며 다가와 눈치를 봤다.

"저도 한 마리만 먹어도 됩니까, 로드?"

"너도 익힌 걸 먹냐?"

모든 흡혈귀의 왕 탈락티스! 외모로만 보면 누구라도 그렇게 생각할 것이다.

"생긴 것만 이러지 흡혈 따위는 하지 않습니다. 그리고 음식도 익힌 걸 훨씬 더 좋아합니다."

"그럼 먹어라."

로이스는 흔쾌히 탈락티스에게도 생선 하나를 건넸다.

"감사히 먹겠습니다, 로드."

모두들 신나게 생선을 뜯기 시작했다.

오물오물! 냠냠!

쩝쩝! 우적우적!

로이스의 생선 구이는 단순히 맛만 좋은 게 아니라 무작위로 갖가지 특이한 능력들이 생겨난다.

잠시 힘이 세진다거나 머리가 맑아진다든가, 혹은 아무 효과도 나타나지 않는 경우도 있었다. 물론 모두 일시적일 뿐이지만.

운 좋게도 지금 아이리스에게는 머리가 매우 맑아지는 효과가 발동되었다.

그러다 보니 그녀의 표정이 환해졌다.

"복잡한 변수들이 머리를 어지럽히고 있어 정리를 하지 못했는데 이제야 확연하게 보이는군요."

로이스도 반색했다.

"다행이군. 그럼 말해 봐. 내가 어떻게 하는 게 좋겠어? 용병계와 용자들이 다시 협력하는 게 좋을까? 아니면 그냥 이대로 놔두는 게 좋을까?"

"아니, 아직 그건 몰라요. 다만, 전략가 카르세우스의 두루마리가 직감적으로 알려 준 수많은 문자들 중에서 통찰의 눈을 통해 반드시 필요한 것들만 추릴 수 있게 됐거든요."

"그게 또 무슨 소리야?"

"잠깐만요. 바로 알려 드릴게요."

아이리스는 눈을 감고 뭔가를 생각하는 듯하더니 곧바로 바닥에 뭐라고 글자를 쓰기 시작했다.

왈큐인알서뭄칼스리살버몽프랄…….

대체 뭘 의미하는 걸까? 로디아는 물론 탈락티스도 뭔 뜻인지 도무지 이해하지 못하겠다는 듯 고개를 갸웃했다.

그러나 아이리스의 생각을 방해하지 않도록 모두 숨죽여 지켜봤다.

슥. 스윽.

그사이 아이리스는 매우 신중한 표정으로 그중 많은 글자를 지워 나갔다.

큐인서뭄스리버몽프

그리고는 뭔가 희열이 가득한 눈빛으로 환하게 웃었다.

"됐어요. 이제 마지막 배열만 남았군요."

슥. 스슥.

그녀가 그 글자들을 모두 지우더니 다시 썼다.

프리뭄 서큐버스 몽인

그것을 본 로이스는 생선을 씹다 말고 물었다.

"프리뭄? 상마왕 프리뭄인가? 그리고 서큐버스와 몽인? 서큐버스가 뭘 어쨌다는 거야?"

"이제 그걸 알아내야 해요. 프리뭄이 서큐버스로 뭔가를 꾸미고 있는 것 같은데? 몽인이라는 게 뭔지 모르겠어요."

아이리스는 숨을 고르며 말했다. 이걸 알아내는 것까지만 해도 꽤나 많은 심력을 소모한 듯 그녀는 지쳐 보였다.

로이스는 씩 웃고는 잘 구워진 생선 하나를 내밀었다.

"급할 것 없으니 먹고 힘내. 그리고 천천히 다시 생각해 봐."

"고마워요, 로드."

로이스가 챙겨 주자 아이리스는 기쁜 듯 미소 지었다.

그런데 그때.

구운 생선을 열심히 씹고 있던 탈락티스가 갑자기 한 손으로 자신의 뺨을 때렸다.

찰싹!

"크읏! 이런 멍청이 같은 놈! 어째서 이걸 생각 못 했단 말이냐?"

"뭐하는 거냐?"

로이스가 어이없어하며 묻자 탈락티스가 양손으로 스스로의 머리털을 쥐어뜯을 듯 움켜쥐며 대답했다.

"이제야 제가 프리뭄의 간계에 속았다는 걸 깨달았습니다, 로드."

"프리뭄의 간계?"

"예, 그렇습니다. 어쩌면 배신자는 애초부터 없었을지도 모릅니다."

배신자가 없을지도 모른다? 이게 대체 무슨 말인가?

로이스는 안색을 굳히고는 말했다.

"무슨 뜻인지 천천히 설명해 봐. 내가 이해할 수 있게 말이야."

"상마왕 프리뭄은 수많은 서큐버스 권속들을 거느리고 있습니다."

"서큐버스라는 것들이 뭐 대단한 건가?"

"보통의 서큐버스와 프리뭄의 서큐버스는 차원이 다릅니다. 그것들은 꿈을 통해 침투해 유혹을 하는데, 한 번이라도 그 유혹에 넘어가게 되면 프리뭄의 인이 그 사람의 마음에 박히게 됩니다. 그것이 바로 프리뭄의 몽인입니다."

"몽인이 그런 거였나? 그게 박히면 무슨 일이 생기는데?"

"프리뭄은 그녀의 몽인이 박힌 자의 마음을 수시로 읽어낼 수 있습니다."

"뭐?"

로이스는 깜짝 놀랐다. 아이리스와 로디아 등도 경악해하는 표정을 지었다.

"만약 미스토스 용병계에 있는 누군가의 마음에 프리뭄의 몽인이 박혀 있다면 프리뭄이 그자의 마음을 읽어 용병계의 작전을 알아내는 것도 어렵지 않았겠군."

탈락티스가 고개를 끄덕였다.

"프리뭄은 전투력도 불칸 다음으로 강력하지만, 몽인을 통해 상대의 전략을 다 간파하는 능력을 갖고 있어 가장 경계해야 할 상마왕입니다."

그러자 아이리스가 탄식하며 말했다.

"로드! 그럼 애초부터 불칸과 프리뭄이 말했던 세작은 바로 몽인이 박힌 자를 말했던 것이 분명해요."

"배신자는 없었다는 뜻이야?"

"스스로의 의지로 배신한 건 아니니 배신자라고 할 수는 없죠. 하지만 마음을 읽히고 있으니 오히려 더 나쁜 상황이라 할 수 있어요. 만약 미스토스 군주나 절대용자들 중 누군가에게 프리뭄의 몽인이 박혔다면 아주 심각한 일이겠죠."

로이스는 인상을 구겼다.

"골치 아픈 일이네. 프리뭄이 부활한 지 얼마 안 됐는데 벌써 그런 일이 벌어지다니. 탈락티스! 그 몽인이라는 것 없앨 수는 없는 거냐?"

그러자 탈락티스가 대답했다.

"몽인은 프리뭄이 죽지 않는 한 영원히 지속됩니다."

"프리뭄을 죽여야 없앨 수 있다는 거군."

"그렇습니다. 더욱 무서운 일은 그렇게 죽었던 프리뭄이 부활하면 몽인도 다시 발동되죠. 불행한 일이지만, 한 번 몽인이 박히면 영원히 프리뭄의 손 안에 있게 될 수밖에 없습니다."

듣기만 해도 끔찍한 일이었다.

프리뭄이 죽었다 부활하면 사라졌던 몽인도 다시 발동된다니!

아이리스가 눈을 빛내며 말했다.

“로드! 그럼 지금 중요한 건 용병계와 절대용자들이 협력하느냐 마느냐가 아니에요. 그 몽인이 박힌 자가 누군지 알아내는 게 중요해요. 그자만 찾아낼 수 있으면 우리도 역공작을 펼칠 수 있거든요.”

“그걸 어떻게 찾아낼 수 있는데?”

그러자 아이리스는 머리를 긁적였다.

“그건 저도 아직 모르겠어요.”

로이스는 탈락티스를 쳐다봤다.

“넌? 너는 몽인이 박힌 녀석을 찾을 수 있어?”

“죄송하지만 저도 모릅니다.”

탈락티스도 풀 죽은 표정을 지었다.

그런데 그때 로디아가 의미심장한 미소를 지으며 말했다.

“로드! 다행히 제게 주어진 성장의 선물인 마법서 아르니아에게 물어보니 몽인이 박힌 자를 알아볼 수 있는 주문이 있다고 해요.”

“그래? 그거 잘됐구나.”

“그런데 이 주문은 현재 봉인이 걸려 있어서 자세히 살펴보려면 미스토스로 봉인을 풀어야 해요.”

“뭐가 걱정이야? 풀면 되는데.”

“미스토스가 무려 100카퍼스나 필요하다고 하는데요?”

로디아는 머리를 긁적였다. 로이스는 통 크게 씩 웃었다.

“하핫! 그깟 100카퍼스로 뭘 고민하고 그래? 당장 줄 테니 봉인을 풀어.”

예전에는 미스토스 1카퍼스로도 벌벌 떨었지만 지금이야 100카퍼스는 아무 것도 아니었다.

날개 강화를 하다 보면 수백 카퍼스는 우스울 뿐이다.

심지어 날개 단계 이전을 위해 5000카퍼스도 썼던 적이 있지 않은가.

이래저래 팍팍 쓰고도 20만 카퍼스가 넘는 미스토스를 보유하고 있는 로이스였다.

그러나 그사이 옆에 와서 듣고 있던 수호 요정 릴리아나는 뭔가 떨떠름한 표정이었다.

그녀는 다른 데는 관심이 없지만 미스토스를 쓴다고 하면 아주 멀리 있다가도 휙 나타났다.

1카퍼스가 아니라 그 1000분의 1인 1옵소니온이라도 헛되게 쓸 수 없다는 듯 미스토스에 있어서는 매우 구두쇠와 같은 면모를 보였다.

“잠깐요! 세상에! 100카퍼스면 초보 용자가 거대한 용자의 성을 세우고 당당히 자리를 잡을 수 있을 만큼 엄청난 미스토스에요. 그걸 봉인 하나 푸는 데 써야 하다니. 정말로 그만한 가치가 있는 걸까요?”

"당연하지. 이게 얼마나 중요한데. 마왕 수십 명을 해치우는 것보다 더 큰일이라고."

"그래요? 정말이죠?"

"그렇다니까. 로디아, 말해 봐. 내 말이 틀려?"

그러자 릴리아나가 로디아를 힐끗 쳐다봤다. 로디아는 움찔했다.

"그, 그게……."

그렇지 않아도 마전함 개조에 수천만 베카를 쏟아부었다. 그것도 모자라 온갖 기괴한 마도구를 만들며 돈을 펑펑 써 대느라 릴리아나의 눈치를 보고 있는 그녀였다.

그런데 여기서 막대한 양의 미스토스까지 쓴다고 하면 어찌 되겠는가.

로디아는 릴리아나의 시선을 슬쩍 피하며 로이스를 향해 말했다.

"저는 잘 모르겠어요. 그저 로드의 뜻에 따르겠어요."

은근슬쩍 로이스에게 책임을 떠넘기는 그녀였다.

로이스는 어이가 없었다. 그래서 아이리스에게 물었다.

"아이리스 네가 말해 봐."

"저도 그저 로드의 뜻에 따를 뿐이죠. 미스토스에 대해서는 저도 할 말이 없답니다."

아이리스도 릴리아나에게는 잘 보여야 하는 처지이다 보

니 꼬리를 내렸다. 탈락티스는 로이스가 묻지도 않았는데 재빨리 대답했다.

"저도 모릅니다, 로드."

"알았어. 내가 책임진다. 이건 무조건 써야 해."

"그럼 어쩔 수 없죠. 뜻대로 하세요."

릴리아나도 로이스가 쓰겠다고 하면 말리지 못했다.

그녀는 그저 미스토스를 아끼겠다는 일념으로 말했을 뿐이다. 로이스가 한 번 더 신중하게 생각하기를 바라는 마음으로 말이다.

"좋아. 그럼 어서 봉인을 풀어 봐, 로디아."

릴리아나가 사라지자 로디아는 비로소 안도의 한숨을 내쉬고는 두 눈에 호기심을 빛냈다.

"네, 로드. 바로 풀어 보겠어요."

이 순간 가장 신이 난 것은 물론 로디아였다.

신비한 고대의 마법서인 아르니아.

그 안에는 수많은 차원의 온갖 신비한 마법들이 적혀 있지만, 로디아 마음대로 읽을 수 있는 것이 아니었다.

그녀가 어떤 식으로든 로드인 로이스를 위해 많은 기여를 할 경우 하나씩 선물처럼 주어지는 식이었다.

대신 지금처럼 특별히 필요에 의해서 마법을 배우게 될 경우에는 대량의 미스토스를 소모해야만 했다.

따라서 방금 전 로이스가 100카퍼스의 미스토스를 소모한 순간, 물론 용자 레온의 축복 인장 덕분에 50카퍼스만 소모되었지만, 그 즉시 아르니아의 마법서 중 감춰진 부분 한쪽이 환하게 드러났다.

이는 물론 로디아만 볼 수 있었다.

"아!"

번개처럼 머릿속으로 스며드는 복잡한 주문 구결.

그러나 그녀는 이 방면으로는 워낙 천재적인 소질을 지닌 터라 그 내용은 물론 원리까지 순식간에 이해했다.

"배웠어요."

"벌써?"

"네, 그럼 주문을 펼쳐 볼게요."

로디아는 그 말과 함께 힐끗 탈락티스를 쳐다봤다. 그러자 탈락티스는 움찔했다.

"왜 나를 보는 것이냐? 설마 내게 몽인이라도 박혀 있는 거냐?"

꿈속에서 벌어진 일이다 보니 간혹 프리뭄의 몽인이 박혀 있는 데도 그것을 모르는 경우도 충분히 있었다.

그러나 탈락티스는 고개를 흔들었다.

'내게 몽인이 박혀 있었다면 프리뭄이 내가 세작이라는 사실을 진작 눈치챘겠지. 그럴 리가 없어.'

그렇다 해도 그는 뭔가 찜찜해 하는 표정을 지었다.

프리뭄이 워낙 음흉하다 보니 알면서도 모른척했을 가능성이 컸다.

그러자 로디아가 빙긋 웃으며 고개를 흔들었다.

“안심해요. 다행히 당신에게는 없군요.”

“후! 그러냐? 천만다행이다.”

탈락티스는 가슴을 쓸었다.

만약 몽인이 박혀 있었으면 로이스 앞에서 얼마나 면목이 없겠는가.

로이스와 나눈 대화 내용은 물론이고, 지금 이곳에서 벌어지고 있는 일들도 모두 프리뭄이 알게 될 테니 말이다.

그때 로디아는 그녀의 아공간에서 뭔가를 꺼냈다.

흑색의 멋들어진 뿔테 안경이었다.

“잘됐군요. 마도구로 쓰기 위해 이 안경을 미리 만들어 두었는데, 여기다 몽인이 걸린 자를 알아볼 수 있는 영구 주문을 걸어 둘게요.”

“안경에는 왜?”

“로드께서는 그냥 이 안경만 끼고 상대를 쳐다보시면 돼요. 몽인이 박힌 자들은 붉은 서큐버스의 문양이 빛나고 있을 거예요.”

“좋아. 아주 훌륭해.”

로이스는 반색했다. 로디아에게 복잡한 마법을 배울 필요 없이 안경만 쓰고 살펴보면 되니 얼마나 좋은가.

"다 됐어요, 로드."

"잘했어, 모두 수고했으니 실컷 먹자."

로이스는 기분이 좋아 남은 생선들을 마저 구워 주었다.

"와아! 잘 먹을게요."

"정말 맛있어요!"

"흐흐, 생선 구이가 이렇게 맛있는 줄은 몰랐습니다, 로드."

그렇게 모든 생선들이 아이리스와 로디아, 그리고 탈락티스의 뱃속으로 사라지는 순간.

스텔라가 헐떡이며 나타났다.

그녀는 이슬떡 2천 개가 들어있는 커다란 자루를 들고 서 있었다.

그녀는 용자 칼리스의 아쿠아스 성을 공격해 온 마족들도 쓸어버린 후에야 간신히 이꼬트들에게 이슬떡을 사올 수 있었다.

"로드, 심부름 다녀왔어요."

"수고했어. 난 이만 용병계로 가 봐야겠다."

로이스는 이슬떡 2000개를 아공간 창고에 넣고는 미소 지었다.

스텔라가 울상을 지었다.

"그런데 생선 구이는요?"

"거기 없어?"

"뼈만 있는걸요?"

"벌써 다 먹었나 보네."

"너무해요. 두 번의 전쟁을 치르고 간신히 이슬떡을 사 왔다고요."

스텔라는 원망 서린 눈빛으로 아이리스와 로디아, 탈락티스를 차례로 노려봤다. 대체 그 많은 생선은 다 어디 갔느냐?

순간 아이리스가 어색하게 웃으며 슬쩍 일어났다.

"그렇게 보지 마라. 난 그저 생선 두 마리만 먹었을 뿐이다."

"나도 두 마리밖에 안 먹었어, 스텔라."

로디아도 슬쩍 아이리스를 따라 일어났다.

사실 그중 탈락티스가 가장 많은 생선 구이를 먹은 터였다. 거의 대부분이라 할 정도로 말이다. 덩치가 큰 만큼 당연한 일이었지만.

스텔라 또한 그 사실을 눈치채고 탈락티스를 잡아먹을 듯 노려봤다.

'너냐? 네가 다 먹은 거냐?'

중마왕이고 뭐고 한판 뜨자는 듯한 살벌한 분위기!

"커험! 저도 이만 바빠서 마궁으로 가 보겠습니다, 로드."

탈락티스는 흠칫하더니 재빨리 상마궁으로 돌아가 버렸다.

"다들 너무해. 한 마리도 안 남겨 두다니!"

스텔라는 맥 빠진 표정으로 털썩 주저앉았다.

그러자 로이스는 다시 차원의 낚시터 앞에 앉았다.

"기다려 봐. 금방 잡아서 구워 줄게."

놀랍게도 낚싯대를 던지자마자 단번에 두 마리의 물고기가 잡혔다.

낚시 레벨이 상승하며 생겨난 불가사의한 능력.

미흐의 기운이 만들어 낸 낚싯줄과 바늘이 또 한 마리의 물고기를 낚아챈 것이다.

스텔라의 두 눈이 휘둥그레 커졌다.

"와아! 기막히군요. 한 번에 두 마리나 잡혔어요."

"이번엔 세 마리야."

과연 두 번째로 던지자 동시에 세 마리의 물고기가 잡혔다.

"호호! 대단해요."

그런 식으로 순식간에 10여 마리의 물고기를 잡은 로이스는 곧바로 그것들을 모두 굽기 시작했다.

지글지글!

고기 굽는 냄새가 기막히게 풍겨나자 스텔라는 안색이 환해졌다. 그러면서도 뭔가 겸연쩍어하는 표정을 지었다.

“고마워요, 로드. 바쁘실 텐데 저 때문에 다시 생선을 구워 주시고.”

“약속을 했으니 지켜야지. 신경 쓰지 말고 실컷 먹어.”

“그럼 로드 먼저 한 입 드세요.”

“좋아!”

로이스는 스텔라가 포크로 찍어 준 살코기를 입에 넣고 씹었다.

“꿀꺽! 아, 역시 맛있네. 내가 구웠지만 말이야.”

“맞아요. 맛이 정말 죽여줘요!”

“많이 먹어. 난 이미 배부르거든.”

“네, 로드!”

스텔라는 신나게 생선 구이를 뜯기 시작했다.

냠냠! 쩝쩝! 오물오물!

그 모습을 로이스는 흐뭇하게 바라봤다.

‘슬슬 가 봐야 할 텐데.’

지금도 용병계에서 군주들이 기다리고 있을 것이다.

로이스는 본래 성질이 급한 편이라 뭐든 빨리빨리 해치우는 걸 좋아하는데, 이상하게도 오늘은 뜸을 들이게 되었다.

물론 일부러 그런 건 아니었다.

어쩌다 보니 그렇게 되었을 뿐.

생선 10여 마리를 구웠는데 스텔라는 순식간에 생선 네 마리를 먹고는 더 이상 배불러서 못 먹겠다고 물러났다.

'잘됐어. 늦었으니 이거라도 가져다주자.'

로이스는 남은 생선들을 접시에 담은 후 용병계로 이동했다.

그 시간 용병계 군주의 전당.

루나는 눈을 감은 채 팔짱을 끼고 앉아 있었고, 마르스는 인상을 팍 구긴 채 투덜거렸다.

"으으! 더 이상은 못 참아. 그놈 측간에서 자고 있는 게 분명해. 당장 가서 끌어내야겠다."

그러자 아스텔이 어이없어하며 말했다.

"용병계에 측간이 몇 개나 있는지 아십니까?"

"몇 개나 되는데?"

"저도 모릅니다. 다만 무수히 많다는 것은 확실합니다. 대체 그중 어디에 그놈이 있는지 알고 찾아낸다는 말입니까?"

"다른 데는 필요 없고 그놈의 저택 안에 있는 것들만 뒤져 보면 될 것이네."

"이미 그놈의 전용 비서에게 물어봤지만 저택엔 오지 않았다고 합니다."

아스텔도 속이 터져 미칠 지경이라 이미 용병계에 있는 로이스의 저택에도 다녀온 것이다.

"그럼 대체 어디까지 가서 싸고 있다는 건가?"

"어쩌면 용병계가 아닌 그놈의 거점 성이 있는 곳의 측간까지 가서 볼일을 보고 있을지도 모릅니다."

"설마? 급하다는 놈이 그렇게 멀리까지 갔을 리 있나?"

"낯가림을 하듯 그것도 가리는 녀석들이 있지 않습니까? 굳이 말하자면…… 가림이라고 할까요?"

"우라질! 내가 낯가림은 들어 봤어도."

바로 그 순간 대마계 대마왕성의 대전.

프리뭄이 양손으로 머리카락을 움켜쥐며 씩씩거렸다.

"그 미친 새끼가 똥까지 가리나 봐요."

"그게 무슨 소리냐?"

불칸도 지금 혈압이 단단히 올라 있는 상태였다.

용병계와 대마계, 그리고 절대용자들의 운명이 결정되는 중요한 순간에 측간에 가 있다는 녀석!

그것 때문에 불칸도 다른 일을 못하고 로이스가 어서 볼일을 보고 돌아오기를 기다리는 중이었다.

이게 대체 무슨 말도 안 되는 상황이란 말인가.

처음에는 그냥 그러려니 했지만 생각할수록 열통이 터져 미칠 지경이었다.

그런데 그때 프리뭄이 더욱 기막힌 소리를 했으니.

"그놈이 지금 거점 성인 루비아나 성의 측간에 앉아 있다고 합니다."

"용병계에도 측간은 많을 텐데 왜 거기까지 가서 볼일을 본다는 건가?"

"낯가림을 하듯이 그것도 가린대요. 그래서 아무 데서나 싸지 못한다는군요."

"크크크……."

불칸은 말없이 웃었다.

그러나 프리뭄은 불칸이 저렇게 웃을 때가 가장 화가 났을 때라는 걸 잘 알았다.

아니나 다를까?

"크윽! 도저히 못 참겠군. 일단 그 미친놈부터 때려잡는다."

"설마 로드께서 루비나아 성으로 가시려고요?"

"그래. 지금 루비아나 성을 박살 내러 간다. 프리뭄! 너는 모든 상마왕들과 중마왕들을 다 불러 모아 따라와라."

"안 돼요! 참으세요, 로드! 저도 그놈을 때려죽이고 싶지만 지금은 때가 아니라고요."

프리뭄이 다급히 불칸의 다리를 잡고 필사적으로 매달렸다.

"이거 놔라!"

"로드께서 나서면 루비아나 성을 박살 내는 건 어렵지 않겠지만 차원괴류 때문에 추후 엄청난 피해를 입게 될 거예요. 제발 참으셔야 해요!"

차원괴류에 노출되면 설령 불칸이라 해도 전투력이 대폭 하락하게 된다. 그 상태가 영원히 지속되지는 않지만 그사이 적의 공격을 받게 되면 낭패를 당하고 말 것이다.

절대용자들이나 미스토스 군주들이 그 사실을 알게 되면 그 기회를 결코 놓치지 않으리라. 대마계에 대한 대대적인 침공을 해 올 것은 뻔한 일이었다.

물론 불칸 역시 그런 것도 고려하지 않고 막무가내로 루비아나 성을 공격할 만큼 어리석지는 않았다. 그냥 로이스로 인해 울화가 폭발해 짐짓 발작을 한 것뿐이다.

"당장 놓지 않으면……."

"로드! 그놈이 지금 막 군주의 전당 회의실로 돌아왔어요. 일단 상황을 지켜보는 게 좋겠어요."

"그래?"

불칸은 뭔가 맥 빠진 표정으로 대마왕좌에 털썩 앉았다.

용병계 군주의 전당 회의실.

로이스가 드디어 모습을 드러냈다.

그것도 구운 생선들이 놓인 접시를 들고 말이다.

"좀 늦었군. 기다리게 해서 미안하다."

그 말과 함께 로이스는 접시를 테이블 위에 놓고 의자에 털썩 주저앉았다.

곧바로 마르스가 인상을 구긴 채 물었다.

"설마 지금까지 볼일을 보고 온 건가?"

"맞아."

"변비가 꽤 심한가 보군."

그러자 로이스는 어이가 없어 픽 웃었다.

"뭐야? 설마 지금껏 내가 용변을 보고 온 거라 생각하고 있었던 거냐?"

"그럼 아니었나?"

마르스뿐 아니라 루나와 아스텔도 이게 무슨 말이냐는 듯 로이스를 노려봤다.

"당연히 아니지. 난 그냥 급하다고 했을 뿐이지 용변이라고는 안했거든."

루나가 고개를 갸웃하며 물었다.

"그럼 대체 뭘 하고 온 건가?"

"보다시피 생선 구워 왔잖아. 맛있으니 먹어 봐."

"생선을 굽느라 이토록 시간이 오래 걸렸다는 건가?"

"낚시를 좀 했거든."

"낚시라고?"

루나는 어처구니없다는 표정을 지었다. 마르스와 아스텔도 마찬가지였다.

"회의 중에 갑자기 급한 일이 있다고 해 놓고 낚시를 했다는 건가?"

"제기랄! 보자 보자 했더니 네 녀석이 우릴 우롱하고 있구나, 로이스?"

"해도 너무하는 것 같군. 지금 우리가 결정해야 할 사항이 얼마나 중요한 일인지 모르는가?"

로이스는 씩 웃었다.

"그래서 내가 미안하다고 했잖아. 이걸 먹어 봐. 다들 배고플 것 같아서 가져왔거든."

"닥쳐라! 지금 생선이나 먹게 생겼느냐?"

마르스는 손으로 테이블을 쾅 내리쳤다.

그 충격에 테이블에 있던 접시가 훌쩍 떠오르며 뒤집혔다.

그로 인해 생선들이 바닥으로 쏟아지려던 찰나.

마르스는 본능적으로 그것들을 손으로 척척 잡아 다시 접시 위에 올려놓았다.

'이 아까운 것들을 바닥에 버릴 수는 없지.'

사실 로이스에게 울화통이 터져서 그렇지 아까부터 마르스는 이 기막히게 구워진 생선의 냄새에 코를 실룩거리고 있었다.

그리고 결국 자신도 모르게 그중 하나를 집어 입에 가져가고 말았다.

Chapter 9
역공을 펼치다

움썩! 짭짭!

"으음! 이, 이 맛은?"

마르스의 두 눈이 휘둥그레 커지더니 순식간에 생선 한 마리를 먹어 치워 버렸다.

그것을 보고 로이스가 미소 지었다.

"어떠냐? 먹을 만하지?"

"이거 진짜 자네가 구운 건가?"

로이스는 고개를 끄덕였다.

"후후, 물론이다. 내가 생선 하나는 잘 굽거든."

"생각보다 맛이 좀 많이 있는걸?"

그 말과 함께 마르스는 또 하나의 생선을 황급히 집어 들었다.

그리고는 입을 쩍 벌려 움썩 한 입을 베어 물고는 한없이 행복한 표정을 지으며 씹어 먹었다.

"흐흐, 이렇게 맛있는 생선 구이는 처음이네."

냠냠! 쩝접!

그러자 아스텔도 슬쩍 생선에 손을 가져갔다.

화가 폭발해야 정상인데 생선 구이에서 나는 기막힌 냄새를 참기가 어려웠기 때문이다.

그 역시 살점을 한입 베어 물고 두 눈을 부릅떴다.

오물!

'오! 이럴 수가!'

이렇게 맛있는 생선 구이는 처음 먹어 봤던 것이다.

'어디서 이런 맛있는 생선이?'

곧바로 그는 체면이고 뭐고 생선 구이를 먹는 데 집중했다.

쩝쩝! 냠냠!

그렇게 마르스와 아스텔이 맛있게 먹는 장면을 보자 루나 역시 더 이상 참기 힘들었는지 생선에 손을 가져갔다.

"딱히 먹고 싶지는 않지만 성의를 봐서 먹어 주마."

"후후, 먹고 나면 날 존경하게 될 거다."

"과연 그럴까?"

루나는 어림없다는 듯한 표정으로 생선을 뜯어먹었다. 그 순간 그녀의 두 눈도 휘둥그레 커졌다.

'맛있어!'

그녀의 표정이 순식간에 환하게 변했다.

'역시 맛있는 걸 주면 다들 온순해지는구나.'

로이스는 회심의 미소를 지으며 아공간에서 로디아가 만들어 준 뿔테 안경을 꺼내 썼다.

'그럼 이 중에 어떤 녀석에게 몽인이 박혀 있나 볼까?'

그러던 로이스의 표정이 싸늘해졌다.

'역시 저 녀석이었군. 처음부터 뭔가 마음에 안 든다 했더니.'

아스텔의 가슴 부근에서 작은 여악마 형상의 문양이 번쩍이고 있었다.

뭔가 야릇한 표정을 짓고 있는 그 여악마가 바로 서큐버스인 모양이었다.

다행히 루나와 마르스에게는 몽인이 보이지 않았다.

그러나 아스텔에게 몽인이 있다는 것은 그야말로 충격적인 일이 아닐 수 없었다.

'그것도 모르고 다들 배신자가 어쩌고 했었던 거야.'

미스토스 상급 기사도 아니고 최고 수뇌부인 미스토스

군주의 마음을 프리뭄이 훤히 읽고 있었을 줄이야.

로이스는 지난번 상급 용자들이 왜 대거 당했는지 이해가 갔다.

'그럼 지금 상마왕 프리뭄이 저놈을 통해 나도 살펴보고 있겠군.'

이미 로이스가 용병계에서 미스토스 군주가 된 것은 물론이고 용병으로서 벌인 모든 활약도 프리뭄은 알고 있을 것이다.

'로드! 혹시라도 몽인이 박힌 자를 보게 되면 절대 내색하지 마셔야 해요. 프리뭄이 눈치채게 되면 우리가 역공작을 펼칠 수 없거든요.'

아이리스가 로이스에게 당부한 말이었다.

몽인이 박힌 자를 이용해 도리어 프리뭄의 뒤통수를 날리기 위함이었다.

'생각 같아서는 아스텔을 어디다 가둬 두고 싶지만 역공작을 위해서는 어쩔 수 없지.'

곧바로 로이스는 안경을 벗어 아공간으로 집어넣었다.

그사이 루나 등은 구운 생선들을 모조리 먹어 치운 후 아쉬워하는 표정을 지었다. 마치 더 없냐는 듯 말이다.

"정말 잘 먹었다, 로이스."

"쿠후후! 앞으로 자네를 진짜로 존경하게 될지도 모르겠군."

"나는 생선만 자주 구워 준다면 얼마든 존경할 용의가 있네."

로이스는 그럴 줄 알았다는 듯 흐뭇하게 웃었다.

"그거 봐. 내가 뭐라고 했어? 기분 좋으면 다음에 또 구워 주마."

그때 루나가 진지한 눈빛으로 로이스를 향해 물었다.

"그래서 생각은 좀 해 보았나, 군주 로이스?"

"뭘 말이야?"

"절대용자 라피스의 총사 로카니아의 제의. 그녀는 배신자가 없다고 생각하고 있다. 우리 모두 마왕들의 농간에 속고 있으니 다시 협력하자는 거지."

그 말을 들은 로이스는 로카니아가 비교적 정확하게 상황을 판단했다는 생각이 들었다.

배신자가 없다는 건 분명 맞는 말이니까.

그러나 가장 중요한 것을 놓치고 있었다.

프리뭄의 몽인.

그로 인해 배신자가 없다 해도 프리뭄이 용병계의 모든 것을 낱낱이 꿰뚫어 보고 있는 것이다.

용병계의 어떤 작전이든 미스토스 군주가 모를 수는 없으니까.

"왜 말이 없는가? 어서 그대의 의견을 말하라."

루나가 재촉했다.

로이스는 곧바로 대답했다.

"나도 물론 로카니아의 제의에 동의한다. 또한 마왕들을 모두 끌어들여서 단번에 소탕하자는 의견에도 찬성한다."

그러자 루나가 탄식하며 로이스를 노려봤다.

"진심인가? 그대의 지금 말에 용병계의 운명은 물론 절대용자들의 운명이 결정될 수도 있다. 또한 모든 용자들과 그 소세계들에도 영향을 미칠 것이다."

로이스가 찬성하는 즉시 루나는 다수결에 의해 그 뜻을 따라야 한다.

배신자가 있으니 신중하자는 의견은 루나 혼자뿐이기 때문이다.

그래서 그녀는 다시금 로이스에게 의견을 물어본 것이다.

로이스는 즉시 대답했다.

"진심이다. 신중하자는 말도 충분히 일리가 있지만, 지금은 웅크리고 있을 때가 아니라 우리가 먼저 움직일 때야."

그러자 마르스와 아스텔의 안색은 환해졌다.

"쿠후후훗! 역시 로이스 자네는 나의 기대를 저버리지 않는군. 길게 끌 것 없이 그놈들을 유인해 단번에 쓸어버리자고."

"하하하! 이번 기회를 빌려 상마왕들에게 대거 타격을 입힌다면 앞으로의 전쟁은 우리에게 유리해질 것이네."

아스텔의 눈빛에도 투지가 가득했다.

그러나 그는 알고 있을까?

지금 이 모든 상황을 프리뭄이 훤히 보고 있다는 사실을 말이다.

곧바로 아스텔은 종사 로카니아를 불러 미스토스 군주들의 뜻을 전했다.

그러자 로카니아의 안색도 환해졌다.

"회의가 길어져 걱정했는데 다행이군요. 그럼 미스토스 용병계가 라피스 님의 뜻에 동조하는 것으로 알겠습니다."

아스텔이 고개를 끄덕였다.

"물론이다. 다만 이 사실을 상마왕들이 눈치채지 못하게 하는 게 중요해. 우리가 합류한다는 사실을 알게 된다면 제1위 상마왕 프리뭄은 물론 불칸까지 나타날 수도 있다."

로카니아가 눈을 빛냈다.

"무슨 뜻인지 이해했어요. 만약 네 분의 미스토스 군주들이 절대용자들과 합류하게 되면 상마왕들을 단번에 격퇴할 수 있죠. 이건 최대한 빠를수록 좋아요."

"그러니 그대는 어서 가서 절대용자들에게 우리의 뜻을 알리고 구체적인 작전을 짜도록 하라."

"예, 그럼 저는 이만."

총사 로카니아는 환영처럼 사라졌다. 그녀는 명상을 통해 분신의 형태로 이곳에 왔던 터라 명상을 끝내자 그 즉시 사라진 것이다.

로이스는 힐끗 아스텔을 바라보며 말했다.

"이봐, 아스텔! 심심한데 결투나 한판 어떠냐?"

"결투라고?"

"그래. 절대용자들이 작전을 짜기 전까지 시간도 비겠다, 몸도 풀 겸 한판 어때?"

아스텔은 움찔했다. 그는 로이스가 자신보다 강하다는 사실을 이미 직감한 터였다. 결투가 벌어지면 분명 개망신을 당하고 말 것이다.

"하핫! 결투라. 좋지. 하지만 지금은 내가 좀 바쁘다네."

"하나도 안 바빠 보이는데?"

그러자 아스텔이 로이스를 노려봤다.

"지금 이 순간도 하급 용자들을 마왕들이 공격하고 있음을 모르는가? 아는 용자들이 나에게 도움을 요청하고 있단 말이네.”

“그래서 갑자기 그들을 도우러 가겠다는 거냐?”

“갑자기라니! 난 항상 시간이 날 때마다 틈틈이 돌고 있다네. 지금도 속히 가 봐야겠어.”

그 말을 끝내자마자 아스텔은 군주의 전당을 나가 버렸다.

‘의외인 걸?’

로이스는 아스텔의 다른 면모를 보고는 놀랐다.

방금 전의 말이 사실이라면 아스텔 또한 로이스처럼 하급 용자들을 도와주고 있다는 뜻이니 말이다.

물론 방금 전에는 다분히 결투를 피하기 위해 후다닥 나가 버린 것 같긴 하지만, 그가 용자들을 도우러 간 것은 분명해 보였다.

물론 지금은 로이스의 의도대로 된 것이었다.

일부러 결투를 하자고 말해 아스텔을 잠시 쫓아 버렸으니까.

그때 루나와 마르스 역시 자리에서 일어났다.

“나도 가 봐야겠군. 소세계를 하나라도 더 구해 줘야지.”

“흐흐, 나도 생선을 배불리 먹었더니 힘이 나는군. 가서 마왕 한두 놈이라도 해치우고 와야겠어.”

그러자 로이스가 손을 들고 외쳤다.

"잠깐만 앉아라. 너희들에게 할 말이 있다."

"무슨 얘기인가? 이미 회의는 끝났다, 로이스."

"매우 중요한 얘기니까 일단 앉아."

"그럼 왜 아스텔이 있을 때 말하지 않았나?"

"그 녀석이 들으면 안 되기 때문이야."

아스텔이 없는 지금 모든 걸 설명해 줘야 한다.

로이스는 반 강제로 루나와 마르스를 다시 자리에 앉히고는 프리뭄의 몽인이라는 것에 대해 자세히 말해 줬다.

"뭐라고? 그게 정말인가?"

"맙소사! 그럼 자네는 아까 낚시를 하러 간 게 아니라 그걸 알아보러 간 것이었군."

"그렇다. 이걸 봐라."

로이스는 아공간에서 뿔테 안경을 꺼냈다.

"이 안경에는 프리뭄의 몽인을 알아볼 수 있는 마법이 펼쳐져 있어. 내 말이 믿기지 않으면 너희가 직접 이 안경을 쓰고 아스텔을 살펴봐라."

루나는 탄식했다.

"아스텔! 한심한 녀석 같으니! 명색이 미스토스 군주라는 녀석이 그깟 서큐버스의 유혹 하나도 뿌리치지 못했을 줄이야."

"빌어먹을! 지금껏 우리의 모든 작전이 아스텔 녀석 때문에 대마계에 노출된 것이었다는 건가?"

그때 루나가 힐끗 마르스를 쳐다봤다.

"그보다 의외로군. 마르스, 그대가 그 유혹에 넘어가지 않았다니 말이야."

"쿠후핫! 어디 아스텔 녀석과 나를 비교하시오? 내가 비록 생긴 건 이렇지만 서큐버스 따위에게 넘어갈 만큼 멍청하진 않소."

로이스가 팔짱을 낀 채 말했다.

"중요한 건 이제부터야. 너희들은 앞으로 프리뭄의 뒤통수를 날릴 방법을 생각해 봐. 아스텔이 모르게 작전을 짜는 거 잊지 말고."

"뒤통수라?"

루나의 두 눈이 반짝였다.

마르스의 입가에도 의미심장한 미소가 번졌다.

그러다 그들은 둘 다 로이스를 감탄의 표정으로 쳐다봤다.

"정말 대단하구나, 로이스! 나는 그대의 성격이 매우 단순한 줄 알았는데 이렇게까지 주도면밀한 면이 있을 줄은 몰랐다."

"쿠후훗! 그동안에는 아스텔이 모든 작전을 세워 왔었는데 앞으로 그 자리를 로이스 자네가 맡으면 안 되겠나? 생각보다 머리가 무척 좋군 그래?"

그러자 로이스는 만면에 미소를 지었다.

부하들 덕분에 군주들에게 이런 소리도 다 듣게 될 줄이야.

"후후, 물론 내 머리가 좀 좋기는 하지. 하지만 작전은 너희들이 짜라. 난 달리 할 일이 있거든."

"그렇다면 어쩔 수 없지. 작전은 우리에게 맡겨라."

"쿠훗! 나도 잔머리 하면 일가견이 있지. 로이스 자네는 이걸 알아낸 것만으로도 충분한 공을 세웠네."

작전을 짜는 것과 같은 골치 아픈 일은 루나와 마르스가 알아서 하라고 하면 된다.

그때까지 로이스는 소세계들을 돌며 용자들을 구해 줄 생각이었다.

로이스가 나가려 하자 루나가 말했다.

"잠깐만! 그 안경 좀 빌릴 수 없을까, 로이스?"

"이 안경은 왜?"

"그걸로 절대용자들 중에도 혹시 프리뭄의 몽인이 박혀 있지는 않은지 살펴봐야겠다. 또한 용병계의 상급 기사들 중에도 어떤 녀석들이 몽인을 갖고 있는지 확인이 필요해."

현명한 생각이었다. 프리뭄의 몽인이 아스텔에게만 박혀 있을 리가 없었기 때문이다.

"좋아. 빌려줄 테니 잘 살펴봐라."

로이스는 흔쾌히 루나에게 뿔테 안경을 넘겼다.

어차피 가서 로디아에게 한 개 더 만들어 달라고 하면 되는 일이었다.

곧바로 릴리아나의 꽃밭으로 귀환하자 그사이 로디아가 이미 프리뭄의 봉인을 알아볼 수 있는 안경 한 개를 더 만들어 두었다.

"로드! 혹시 또 필요하실까 봐 만들었어요."

"잘했어. 그렇지 않아도 안경을 빌려줬거든."

로이스는 흐뭇한 미소를 지으며 안경을 받아 아공간에 넣었다.

"루비아나 성에는 혹시 프리뭄의 몽인이 박힌 녀석은 없겠지?"

"다행히 없어요. 혹시 모르니 아스피스 성과 아쿠아스 성 등도 살펴볼게요."

"안경을 하나 더 만들어 탈락티스에게도 건네 줘. 마궁의 권속들 중에도 그런 녀석들이 있을지 모르니까 말이야."

"네, 로드."

"그럼 수고해."

"참, 로드. 대형 마전함의 개조를 마쳤어요. 소형 마전함도 마찬가지고요."

"그래?"

"네, 저기를 보세요."

로디아가 가리킨 곳에 대형 마전함이 웅장한 자태를 드러냈다.

크기는 이전과 다를 바 없었고, 외형도 딱히 달라진 게 보이지 않았다.

그저 바퀴가 많이 달린 마력전차의 외형을 하고 있었을 뿐이었다.

"뭐 그렇게 좋아 보이지는 않은데?"

"겉보기는 그래도 성능은 몇 십 배 이상이에요. 일단 어디든 위치를 지정해 두면 공간 이동이 가능해요. 미리 가 보지 않았던 곳도 미스토스 지도를 통해 확인해 이동할 수 있고요. 다만 그때는 마정석의 마나가 많이 소모되죠. 고무적인 건 미스토스를 소모하지 않고도 이동할 수 있다는 거예요."

"아주 훌륭한걸."

다른 걸 떠나서 공간 이동 기능만 해도 아주 유용했다.

로이스 역시 혼자서는 굳이 마전함이 없어도 마음대로

공간 이동이 가능하다.

하지만 마전함을 이용하면 그 안에 탑승해 있는 다수의 인원이 모두 공간 이동을 할 수 있어 매우 편했다.

더구나 미지의 장소로 이동할 때는 대량의 미스토스가 소모되기 마련인데, 그것을 로디아는 마정석으로 해결해 버린 것이다.

마정석도 귀한 물건이지만 주릅 상인을 통해 100베카 정도면 특급 마정석을 살 수 있는 터라, 돈으로 얼마든지 해결이 가능했다.

"릴리아나 님이 특별히 마전함 자체에 대형 미스토스 지도를 장착해 주셨어요. 또한 마전함 자체에도 예비 미스토스를 넣어 둔 터라, 마전함 스스로 함체를 복구할 수 있어요."

"마전함이 부서져도 복구된다는 거야?"

"네, 함체가 완전히 박살이 나 가루로 변해도 미스토스의 힘으로 스스로를 완벽하게 복구해 이곳으로 귀환할 수 있어요. 그땐 미스토스가 소모되니 그런 일이 벌어지지 않도록 해야겠죠."

"쓸 만하군."

로이스가 미소 지었다.

그런데 로디아의 말은 거기서 끝이 아니었다.

"전투 능력도 매우 강력해졌어요. 마력포의 위력도 열 배는 강력해졌고, 마전함 자체에 초마력대공간진을 펼쳐 적을 공격하거나 역으로 그것을 파훼할 수 있는 능력을 갖췄죠. 이건 아이리스 님의 도움이 컸어요."

"초마력대공간진? 그게 있으면 뭐가 좋은데?"

"다수의 적을 혼란에 빠뜨려 단번에 궤멸시켜 버리는 것이 가능해요. 물론 초마력대공간진은 미스토스가 소모되는 터라 이 또한 아주 필요할 때만 발동할 거예요."

"뭐 나쁘지 않군."

사실 로이스에게는 다 별로 필요 없는 것들이었다.

상마왕과 같은 적이 나타났을 때는 마전함이 초마력대공간진을 펼쳐 봤자 어차피 상대가 되지 않을 테니까.

그래도 로이스의 부하들이 비교적 안전하게 사론 대륙이나 사파룬 대륙을 활보하는 데는 많은 도움이 될 것이다.

"이것 말고도 다양한 기능이 아주 많아요. 나중에 마전함에 탑승하시면 하나씩 설명드릴게요."

"좋아. 아주 마음에 들어. 불칸을 해치운 후에 모두 함께 마전함을 타고 무한의 대륙들을 여행하는 거야. 어때?"

"저야 환영이죠. 어서 빨리 그 날이 왔으면 좋겠어요."

로디아는 기대된다는 듯 미소 지었다.

그리고는 로이스 앞에 소형 마전함을 하나 보여 주었다.

"이건 크기만 작을 뿐이지 대형 마전함이 가진 웬만한 기능은 다 갖췄어요. 아공간에 넣어 두셨다가 필요할 때 꺼내 사용해 보세요."

"고마워. 심심할 때 한 번씩 타 볼게."

로이스는 개조된 소형 마전함을 아공간의 창고에 넣었다.

사실 쓸 일이 전혀 없을지도 모른다.

소형 마전함을 타는 건 이제 로이스에겐 거추장스러울 뿐이다.

낯선 장소를 이동하려면 그냥 날개를 펼쳐 날아가는 게 훨씬 편하기 때문이다.

그래도 로디아의 성의를 봐서 한 번씩 사용해 보기로 했다.

'그럼 다시 용병계로 가 볼까?'

이번에는 군주들을 만나기 위함이 아니었다.

다른 용자들을 돕기 위해서는 용병계를 통해서 이동해야 수월하기 때문이다.

저택에 도착하자 전용 비서인 미엘이 로이스를 맞이했다.

"군주 로이스 님을 알현합니다."

"미엘! 마왕들에게 공격당하고 있는 용자를 도우러 갈

거니 당장 갈 만한 곳을 찾아봐."

그러자 미엘이 미소 지었다.

"그보다 지금 바로 군주의 전당으로 가 보셔야 할 것 같아요."

"거긴 왜? 방금 전에 나왔는데?"

"군주 루나 님께서 로이스 님이 오시는 대로 바로 와 달라 전하셨거든요."

"알았어. 그럼 일단 거기부터 가 봐야겠군."

로이스는 저택을 나선 후 군주의 전당으로 향했다.

"군주 로이스 님을 알현하옵니다."

"군주를 뵙습니다!"

"오오! 군주 로이스 님을 알현합니다."

벌써부터 로이스의 존재가 알려졌는지 지나가던 용병들이 일제히 정중하게 허리를 숙였다.

"고생들 많다."

로이스는 씩 웃으며 손을 흔들어 주었다.

그러다 돌연 아공간에서 뿔테 안경을 꺼내 써 봤다.

저 많은 용병들 중에 과연 프리뭄의 몽인이 박힌 녀석들이 몇이나 있는지 궁금했기 때문이다.

'이런! 뭐가 이렇게 많아?'

생각보다 꽤 많은 용병들의 몸에서 붉은 서큐버스의 문

양이 빛나고 있었다.

미스토스 기사들은 물론이고 상급 기사들 중에도 보였다.

언뜻 봐도 수백은 넘었다.

그런데 지금 눈에 띄는 이들만 수백이면 다른 곳에 또 얼마나 많겠는가.

'프리뭄의 뒤통수를 치기도 쉽지 않겠어. 저들을 다 속이고 작전을 짜는 게 과연 가능할까?'

차라리 최대한 빨리 프리뭄을 없애 버리는 것이 나으리라.

무슨 수를 써서라도 말이다.

그사이 군주의 전당에 도착했다.

군주 루나와 마르스, 아스텔이 모두 앉아 있었다.

그리고 언제 왔는지 절대용자 라피스의 총사 로카니아의 모습도 보였다.

"그럼 저는 이만 가 보겠어요. 다급히 지원 부탁드려요. 군주 로이스 님도 꼭 도와주실 거라 믿어요."

그 말과 함께 로카니아는 곧바로 사라졌다. 로이스가 물었다.

"그사이 무슨 일이라도 벌어진 거야?"

루나가 대답했다.

"어서 와라, 로이스. 그렇지 않아도 기다리고 있었다. 지금 절대용자의 성 중 두 개의 성이 위태로운 상황이야. 그래서 그들이 다급히 우리 군주들에게 지원을 요청해 왔다."

"그곳이 어딘데?"

"절대용자 코페르가 있는 할코스 성, 그리고 절대용자 아가트가 있는 스하티스 성이다."

그 말과 함께 루나는 벌떡 일어나며 말을 이었다.

"지금 상황이 급하니 길게 설명할 시간이 없어. 로이스! 그대는 나 루나와 함께 스하티스 성으로 간다. 군주 마르스와 아스텔은 할코스 성으로 가라. 각 성의 상황은 각자 알아서 파악하도록 하자."

"좋아."

로이스가 고개를 끄덕이자 앞쪽에 두 개의 포탈이 생겨났다.

하나는 스하티스 성으로 가는 포탈이고, 다른 하나는 할코스 성으로 가는 것이었다.

"우린 이쪽이다, 로이스."

루나가 포탈 안으로 사라졌다. 로이스도 뒤따랐다.

그런데 막상 포탈을 통해 나온 장소는 예상 밖이었다.

"미스토스 군주 루나 님, 군주 로이스 님! 라주리 성에

오신 것을 환영합니다."

방금 전 군주의 전당에서 사라졌던 절대용자 라피스의 총사 로카니아가 그들을 맞이하고 있었던 것이다.

그런데 왜 절대용자 중 최강의 존재라는 라피스가 있는 라주리 성으로 온 것일까?

특이하게도 포탈 주변에는 결계가 펼쳐 있는 듯 아무것도 보이지 않았다.

로이스는 물었다.

"어떻게 된 거냐, 루나? 난 분명 스하티스 성으로 간다고 들었는데?"

"군주 아스텔을 속이기 위함이었다. 엄밀히 말하면 아스텔을 통해 프리뭄을 속이기 위함이야."

"그사이 뭔가 작전을 세웠나 보네."

"거창한 작전은 없어. 그저 이번 작전의 핵심은 군주 마르스가 아스텔을 끌고 프리뭄을 속이는 데 있다. 마르스는 워낙 잔머리가 뛰어나 잘 수행해 낼 것이다."

"설마 그게 다야?"

"우습지만 지금은 뭔가 대단한 작전을 세울 여유가 없다. 프리뭄의 몽인을 통해 역공세를 취할 수 있는 기회가 언제 사라질지 모르기 때문이지. 아주 기발한 작전으로 단번에 상마왕들을 모두 쓸어버릴 수 있다면야 좋겠지만 그런 과욕을 부렸다간 오히려 우리가 당할지도 몰라."

"그럼 뭘 노리고 있는 거지?"

"상마왕 중 하나를 없애는 거다. 그것만 해도 이번 작전은 대성공이야."

프리뭄의 몽인을 이용해 역공작을 취할 수 있게 해 주었는데, 고작 상마왕 한 명을 없애겠다?

로이스는 왠지 어이가 없었지만 그래도 루나 등의 생각이 아주 틀린 건 아니다.

상마왕이 하나만 사라져도 그만큼 절대용자의 진영이 유리해지는 건 분명하니까.

"뭐 좋아. 그럼 어떤 상마왕을 처치할 생각인데?"

"그건 아직 몰라."

"어떤 녀석을 죽일지도 결정하지 않았다는 거냐?"

"다른 때라면 모를까 지금은 미리 구체적인 작전을 짜는 게 의미가 없다, 로이스. 상마왕 프리뭄은 눈치가 빠르거든. 어떤 식으로든 상마왕 중 하나를 미리 지정해서 공격하려고 하면 프리뭄은 그걸 단번에 파악할 거야."

"결국은 그냥 막 싸우자는 거군."

"막 싸우는 건 아니야. 우린 감으로 움직여야 한다."

"감이라고?

"미리 정해진 것이 없이 상황을 보며 빠르게 대처한다는 거지. 마르스가 아스텔을 이용해 프리뭄의 시선을 다른 곳으로 돌리는 동안 우리는 상황을 살펴 상마왕 중 하나를 기습할 것이다. 그게 누구이든 말이야."

"뭔가 그럴듯하네."

Chapter 10

고양이 귀를 가진 용자

루나가 로이스를 향해 말했다.

"로이스! 그대는 내가 공격할 때 함께 나서 주기만 하면 된다. 눈 깜짝할 사이에 강력한 공격을 모두 퍼부어야 상마왕을 죽일 수 있어. 상마왕이 도주할 틈을 주면 작전은 실패다."

"그런 거라면 내게 맡겨. 난 이미 한 번 상마왕을 죽여 봤거든."

로이스가 자신 있는 표정으로 고개를 끄덕이자 루나는 뭔가 결연한 눈빛으로 미소 지었다.

"그대에게 기대하는 바가 아주 많다, 로이스."

루나는 로이스가 자신보다 강하다는 사실을 결투를 통해 확실히 알고 있었다. 다만 그것을 체면상 다른 사람들에게 내색하지 않았을 뿐이다.

따라서 로이스와 그녀가 전력을 다하면 상마왕 하나를 죽이는 건 어렵지 않을 것이라 확신했다. 물론 제1위 상마왕인 프리뭄은 제외하고 말이다.

그때 총사 로카니아가 말했다.

"그럼 저를 따라오시지요. 라피스 님께 안내해 드리겠습니다."

로카니아의 뒤를 따르자 거대한 건물이 하나 나타났다.

특이하게도 그 건물까지 들어가는 동안에도 주변에는 아무도 보이지 않았다.

"성이 조용하네."

로이스가 말하자 로카니아가 조금은 겸연쩍어하는 표정으로 대답했다.

"면목이 없지만 본 성에도 프리뭄의 몽인이 박힌 자들이 적지 않게 존재하고 있어요. 심지어 용자의 기사들 중에도 있죠. 그들의 이목이 닿지 않게 미스토스 군주님들의 방문을 철저히 은폐시켰답니다."

"언제 그걸 다 확인했어?"

로이스가 놀라자 루나가 씩 웃었다.

“모두가 그대가 빌려준 안경 덕분이야. 놀랍게도 일곱 개 절대용자의 성 모두 프리뭄의 몽인이 박힌 녀석들이 적지 않았어.”

“이걸로 네가 일곱 개의 성을 일일이 다 살펴본 거냐?”

“그럴 필요는 없었다. 총사들에게 잠깐씩 안경을 빌려줬다가 돌려받으면 되었으니까.”

그러자 로카니아가 고개를 끄덕이며 대답했다.

“저와 같은 용자의 총사들은 용자의 성에 있는 모든 이들을 다 살필 수 있는 능력이 있어요. 이 안경을 쓰는 순간 그들 중 누구에게 프리뭄의 몽인이 박혔는지 금세 찾아낼 수 있죠.”

그런 식으로 루나는 일곱 절대용자의 성을 빠르게 돌았던 것이다.

포탈을 통해 이동하는 터라 순식간이었다.

로이스는 감탄했다.

“그럼 절대용자들 중에는 없었어?”

루나가 대답했다.

“다행히 한 명도 없었다.”

“결국 아스텔 그놈이 문제였네.”

“아주 한심한 녀석이지. 고작 서큐버스 따위의 유혹에 넘어가다니.”

루나는 투덜거렸다.

그러자 로카니아가 씁쓸히 웃으며 말했다.

“꿈을 통해 침투하는 거라 일단 프리뭄의 목표가 되면 방법이 없어요.”

“막아 낼 방법이 없다는 거야?”

“다만 용자들은 총사가 두 눈 시퍼렇게 뜨고 있는 한 절대 당하지 않죠.”

“그래서 용자들은 멀쩡한 거군.”

“하지만 집사일 때는 막을 수 없을 거예요. 그렇게 이미 프리뭄의 몽인이 박혀 버리면 그 후에는 방법이 없죠.”

절대용자들 중에는 없지만, 다른 용자들 중에는 프리뭄의 몽인이 박힌 이들이 꽤 많이 존재할 것이란 뜻이었다.

로카니아는 하나의 문을 열며 말했다.

“바로 이곳입니다. 라피스 님이 기다리고 계십니다.”

안은 거대한 밀실의 형태였다.

중앙에는 신비로운 빛들이 반짝이는 입체 지도가 펼쳐져 있었다.

미스토스 지도였다.

로이스가 가진 대형 미스토스 지도와 흡사한 형태였기에 단번에 알아볼 수 있었다.

그리고 고양이 귀를 가진 한 소년이 그 지도를 유심히 살펴보고 있다가 고개를 돌렸다.

"오! 미스토스 군주 루나로군. 그리고 그대가 바로 이번에 새로 군주가 되었다는 로이스인가? 상마왕 바스모를 해치우는 데 결정적인 역할을 했다고 들었다."

루나가 미소 지었다.

"어차피 다 알고 있는데 서로 소개를 할 필요는 없겠지. 그사이 상황이 어떻게 됐는지 말해 보라, 라피스."

그러나 라피스는 로이스의 앞으로 훌쩍 다가와 고개를 갸웃거리며 쳐다봤다.

"군주 로이스! 그대로 인해 프리뭄의 몽인도 간파할 수 있게 되었다고 들었다. 나를 비롯한 절대용자들 모두 그대에게 무척이나 감사하고 있다."

고양이 귀를 가진 아주 귀엽게 생긴 소년.

설마 이런 용모를 가진 녀석이 절대용자 중 최강이라 불리는 라피스일 줄이야.

뭐 기세를 보니 제법 강해 보이긴 하지만 그래 봤자 루나보다는 아래였다.

슥슥.

로이스는 손으로 라피스의 머리를 쓰다듬으며 말했다.

"네가 절대용자 라피스냐?"

"아니! 지금 뭐 하는 짓인가?"

라피스는 무척이나 당황스러운 표정을 짓더니 분노한 눈빛으로 로이스를 노려봤다.

감히 절대용자인 자신의 머리를 쓰다듬는 녀석이 있을 줄은 상상도 못했던 것이다.

물론 그가 묘인족 출신이라 상당히 귀여워 보이는 구석은 있지만, 그렇다고 마치 집고양이 다루듯 쓰다듬는 건 무척 무례한 짓이었다.

이에 루나도 깜짝 놀랐고 총사 로카니아도 분노한 기색이었다.

"로이스! 지금 무슨 결례를 하는 건가?"

"상당히 무례하시군요, 로이스 님."

그러자 로이스는 머쓱하게 웃었다.

"하하, 미안하다. 이꼬트들을 쓰다듬던 버릇 때문에 나도 모르게 그랬을 뿐이야."

"뭐라? 지금 이꼬트라 했나?"

뜻밖에도 라피스는 이꼬트란 말에 금세 호기심 어린 표정을 지었다.

로이스는 끄덕였다.

"그래. 이꼬트는 토끼 귀를 가진 아주 귀엽게 생긴 종족이거든. 이건 이꼬트들이 만든 이슬떡이야."

그 말과 함께 로이스는 아공간에서 이슬떡 하나를 꺼내

라피스에게 내밀었다.

그러자 라피스가 그것을 받아들고 코로 킁킁 냄새를 맡더니 슬쩍 입에 집어넣었다.

오물오물.

곧바로 그의 표정이 환해졌다.

"이런 맛있는 떡이 있다니!"

또 달라는 듯 입맛을 다셨지만 로이스는 어림도 없다는 듯 고개를 흔들었다.

이슬떡은 많았지만 마구 퍼 줄 생각은 없었다.

말 잘 듣는 녀석들에게만 하나씩 줄 생각이니까.

물론 간혹 적개심을 누그러뜨리는 데도 쓸 것이다.

지금처럼 말이다.

이슬떡을 하나 먹고 난 라피스는 로이스에게 전혀 적대적이지 않았다. 심지어 매우 호의적으로 보였다.

"전설의 이꼬트족이 어딘가 있다고는 들었는데 그대가 그들과 친한 줄은 몰랐다, 로이스."

"궁금하면 나중에 아스피스 성으로 한번 가 봐."

"아스피스 성이라. 처음 들어 보는 곳이로군."

"용자 아시엘의 성이지. 그리고 아드리아 대륙에도 이꼬트들이 제법 있었다. 거긴 용자 레온의 카디나스 성을 통해 갈 수 있을 거야."

"고맙다. 잘 기억해 두마."

"고마울 것까지야."

절대용자가 관심을 가지는 성이나 대륙들은 그만큼 더 안전하게 될 것이다.

물론 로이스가 지켜 주겠지만, 그래도 기왕이면 지켜 주는 이가 많을수록 더욱 안전해질 테니까.

"이슬떡 하나만 더 주면 안 되나?"

"안 돼."

"그럼 나도 맛있는 걸 주겠다."

"후후, 그렇다면 얘기가 달라지지."

그렇게 로이스와 라피스가 금세 친해지자 루나와 로카니아는 뭔가 어이없어하면서도 한편으로 안도하는 표정이었다. 루나가 눈을 빛내며 말했다.

"잠깐! 이럴 때가 아니다. 마르스가 아스텔을 통해 프리뭄의 시선을 돌리는 사이에 우리는 상마왕 중 하나를 제거해야 한다. 어서 다른 절대용자들과 협력해서 상황을 살펴라."

그러자 라피스가 씩 웃었다.

"걱정 마라, 루나. 지금 저기 있는 지도에는 이곳 라주리성을 비롯해 일곱 명의 절대용자들의 성이 모두 보인다."

"그럼 저 지도만 보면 모든 상황을 살필 수 있겠군."

루나는 감탄한 표정이었다. 라피스가 고개를 끄덕였다.

"다른 절대용자들도 마찬가지다. 그들 모두 동일한 지도를 보며 상황을 살피고 있을 거야."

루나가 지도를 잠시 보고는 고개를 갸웃했다.

"할코스 성과 스하티스 성이 위태하다고 하더니 의외로 조용한 걸."

"방금 전까지 그 두 곳에 상마왕들뿐 아니라 중마왕들도 대거 몰려왔었다. 그런데 그대를 비롯한 미스토스 군주들이 지원을 결정한 순간 갑자기 물러났어."

"역시 프리뭄이 아스텔을 통해 우리의 동정을 훤히 보고 있기 때문일 거야."

라피스는 고개를 끄덕였다.

"이제 군주 마르스가 어떻게 해 주느냐가 중요해. 어떤 식으로든 프리뭄을 착각에 빠지게 만들어야 한다."

"조금만 기다려 봐. 마르스가 다른 건 몰라도 잔머리 하나는 끝내주거든."

루나가 의미심장한 미소를 지었다.

로이스도 팔짱을 낀 채 상황을 주시했다.

'하긴 그 오크 녀석이 잔머리를 잘 굴리게 생기긴 했지.'

과연 어떤 잔머리를 굴릴지 기대가 되었다.

바로 그때 절대용자 코페르의 할코스 성.

금빛의 로브에 푸른 보석이 박힌 스태프를 들고 있는 푸른 머리의 여마법사.

그녀가 바로 절대용자 코페르였다.

그녀는 이미 총사로부터 상황이 어떻게 돌아가는지 다 들은 상태였다. 아스텔에게 프리뭄의 몽인이 박혀 있다는 사실도.

그러나 그런 것을 전혀 내색하지 않고 밝게 웃었다.

"미스토스 군주들께서 이렇게 지원을 와 주시다니 정말 든든하군요."

그러자 마르스와 아스텔이 호탕하게 웃었다.

"쿠하하핫! 우리가 어디 남이오? 불러만 주면 언제든 올 것이오."

"하하하! 용자들과 미스토스 용병계는 영원한 동맹인데 어찌 오지 않겠습니까?"

코페르는 환하게 미소 지었다.

"우리 용자들 또한 그리 생각하고 있어요. 이번에 뜻하지 않게 서로 오해가 생겼지만 앞으로는 절대 그런 일이 벌어져서는 안 돼요."

"물론이오. 더 이상 마왕 놈들의 농간에 놀아나서는 안 될 것이오."

마르스는 고개를 끄덕이며 슬쩍 코페르를 향해 눈짓을 주었다.

『한 가지 좋은 생각이 떠올랐소. 아스텔에게는 절대 내색하지 말고 내 말을 잘 들으시오.』

『그러죠. 말씀해 보세요.』

그것은 마음으로 전해지는 소통이라 대화의 당사자들 외에는 눈치챌 수 없었다.

『나는 이제 아스텔과 함께 방금 전 이 성을 공격했다가 물러난 상마왕 에브도모스와 에나토스를 쫓을 것이오. 또한 절대용자들도 함께 가자고 말할 거요. 포위해서 상마왕 두 명을 없애자고 말이오.』

『정말로 그럴 생각인가요? 절대용자들이 성을 비우고 가는 건 위험한 일이에요. 상마왕들이 절대용자들의 성을 노리고 있는 상황이라고요.』

『흐흐! 그렇게 말하고는 가짜 절대용자들이 오면 되는 거요. 코페르! 당신이라면 상마왕들을 하루 정도 속일 수 있을 만한 현혹 마법을 펼칠 수 있지 않소?』

『그거야 어려운 일이 아니죠. 설령 불칸이 나타난다 해도 반나절 정도는 속일 수 있어요.』

그러자 마르스가 속으로 쾌재를 불렀다.

『그러면 됐소. 분명 프리뭄은 어떤 식으로든 그것을 이용해 용자들을 사로잡거나 혹은 용자의 성을 괴멸시키려 할 것이오. 우리는 그때 역공을 가하면 되오.』

『어떤 역공이요?』

『흐흐, 그건 나도 모르지. 그쪽은 군주 루나나 절대용자 라피스에게 맡겨 둡시다. 거기까지 다 생각하기엔 너무 골치 아픈 일이니까 말이오.』

『그러죠.』

그렇게 은밀히 마음으로 대화를 나누고 있는 것과 달리 겉으로는 전혀 다른 말들을 하고 있었다.

"이보게, 아스텔! 여기까지 왔는데 그냥 돌아갈 수는 없지 않나?"

"제 생각이 그겁니다. 이제 용자들도 우리 미스토스 군주들을 믿는 것 같으니 이참에 상마왕 한두 놈은 없애 버려야 합니다."

아스텔은 투지를 불태웠다.

마르스는 회심의 미소를 지었다.

"그럼 여길 공격했다 물러난 상마왕 에브도모스와 에나토스를 이 기회에 처치해 버리는 게 어떤가?"

제7위 상마왕 에브도모스와 제9위 상마왕 에나토스를 처치하자고?

"우리의 힘만으로 가능할까요?"

"절대용자들이 한 번에 모이면 될 거야. 군주 루나와 로이스에게도 연락해 이곳으로 오라고 하면 되겠지."

그러자 아스텔의 두 눈이 이글거렸다.

"흐흐, 그러면 가능성이 있지요. 절대용자들과 미스토스 군주들이 전력을 다하면 그놈들은 도망갈 틈을 얻지도 못하고 그대로 녹아 버릴 겁니다."

"물론이야. 두 놈을 다 잡진 못해도 하나는 확실하게 죽일 수 있겠지."

마르스는 의미심장하게 웃고는 곧바로 코페르에게 물었다.

"어떻소? 우리의 계획이?"

"글쎄요. 나쁘지 않은 계획이긴 하지만 절대용자들이 성을 비우고 가는 건 좀 그렇군요."

코페르는 프리뭄을 완벽하게 속이기 위해 연기를 하는 것이었다.

너무 쉽게 수락하면 프리뭄이 의심할 수 있기 때문이다.

그러자 마르스가 침을 튀기며 말했다.

"언제까지 웅크리고만 있을 거요? 지금 움직이지 않으면 전세를 역전시킬 기회는 없소."

아스텔도 가세했다.

"고민할 때가 아닙니다. 이참에 상마왕 중 하나를 제거해 두면 앞으로 용자들에게 얼마나 유리한 상황이 펼쳐질지 생각해 보십시오. 지금이 절호의 기회입니다."

아스텔의 말에는 진정성이 가득했다.

그것은 당연했다.

그의 말은 정말 진심에서 우러나온 것이었기 때문이다.

"상마왕들은 설마 우리 미스토스 군주들과 절대용자들이 단번에 모여 공격해 올 줄은 상상도 못할 테니 이거야말로 허를 찌르는 공격이란 말입니다! 절대용자 코페르! 지금이 아니면 기회란 없습니다!"

얼마나 설득력이 강한지 마르스로부터 미리 다른 언질을 받지 않았어도 코페르가 고개를 절로 끄덕이고 싶을 정도였다.

그녀는 결연한 눈빛으로 말했다.

"좋아요. 그대들의 뜻대로 한번 해 보죠. 절대용자들을 설득해 이곳으로 집결하겠어요."

"쿠하하핫! 정말 잘 생각하셨소."

"하하하! 말이 통해 정말 다행입니다."

마르스와 아스텔이 크게 웃었다.

바로 그 순간 대마계 대마왕성의 대전.

프리뭄이 눈을 번쩍 빛내며 말했다.

"드디어 기회가 왔군요, 로드."

"자세히 말해 봐라, 프리뭄."

불칸이 쳐다보자 프리뭄은 즉시 절대용자 코페르와 마르스, 아스텔이 나눈 대화의 내용을 말해 줬다.

"지금껏 몸을 사리면서 용자의 성을 지킬 궁리만 하던 녀석들이 일제히 성을 뛰쳐나와 한곳으로 집결할 거예요. 상마왕 에브도모스와 에나토스를 죽이기 위해서죠."

"그게 왜 기회라는 거냐? 그러다 진짜 그놈들이 에브도모스와 에나토스를 죽이기라도 하면 어쩌려고?"

"그런 일은 절대 벌어지지 않아요. 절대용자들은 모두 사로잡히고, 그사이 그들의 성은 부서질 테니까요."

불칸의 입가에 차가운 미소가 맺혔다.

"그거 흥미로운 일이군. 좀 더 규체적으로 설명해 봐라."

"이번엔 로드께서 한번 나서 주셔야겠어요. 절대용자 일곱 명과 미스토스 군주들을 죽이지 않고 제압해 잡아둘 수 있는 분은 로드뿐이거든요. 뭐 미스토스 군주 녀석들은 죽여도 상관없겠죠."

"그러면 그사이에 네가 절대용자들의 성을 파괴하겠다는 것이로군."

"네. 그중 가장 방어가 강력한 절대용자 라피스의 성은 제가 직접 가서 파괴해 버리겠어요."

용자들을 묶어 둔 채 그들의 성을 파괴해 버린다.

이전에 상급 용자들을 대거 괴멸시켜 버린 바로 그 방법이었다.

프리뭄의 작전대로 된다면 절대용자들은 모두 죽임을 당하게 될 것이다.

"훌륭한 작전이다. 당장 용자 제라칸을 불러라. 그놈이 있어야 절대용자들이 미스토스의 힘으로 귀환을 하지 못하도록 방해할 수 있을 테니까."

"네, 로드."

"잘하면 아주 싱겁게 이 질긴 싸움을 끝낼 수도 있겠군."

불칸은 의미심장하게 웃었다.

그사이 코페르는 즉시 라피스에게 군주 마르스의 작전을 전했다.

총사 로카니아를 통해 그 작전을 전해 들은 라피스와 루나, 로이스의 표정이 묘하게 변했다.

라피스가 크게 웃었다.

"하하하! 역시 루나 그대의 말대로군. 군주 마르스가 매우 뛰어난 작전을 생각해 냈다."

루나도 미소 지었다.

"문제는 가짜 절대용자들로 상마왕들을 속일 수 있어야 한다는 것이다. 아무리 현혹 마법을 펼쳤다 해도 그들의 전투력이 너무 약하면 상마왕들이 금방 눈치채고 만다. 특히 프리뭄이 눈치챌 수 없어야 해."

라피스가 고개를 끄덕였다.

"그래서 나는 내 휘하에서 최강의 기사를 내보낼 생각이다. 또한 다른 용자들도 그렇게 하겠지. 그리고 그 기사들에게 절대용자 코페르가 현혹 마법을 걸어 둔다면 설사 불칸이 나타난다 해도 반나절 정도 속이는 건 어려운 일이 아니야."

루나는 반색했다. 불칸까지 속일 수 있을 줄이야!

"그렇다면 안심이군. 단, 그들 중에 프리뭄의 몽인이 박힌 자가 있어서는 안 된다."

"그건 당연하지. 염려 마라, 루나. 그런데 그대들은 어찌할 거지?"

마르스의 말대로 하려면 루나와 로이스 역시 가짜를 만들어 보내야 한다.

루나는 미소 지었다.

"우리까지 다 갈 필요는 없어. 로이스는 급한 볼일이 있어 빠졌다고 하고 나는 곧 뒤따라간다고만 전하면 된다. 그럼 마르스가 알아서 눈치껏 움직일 거다."

아무리 현혹 마법을 펼쳐 외모와 기세를 감쪽같이 위장한다 해도 대화를 자주 나누던 상대까지 속이기란 쉽지 않다.

특히 루나나 로이스 특유의 화법을 생소한 이가 흉내 내기란 불가능했다.

아스텔이 로이스를 이상하게 생각하면 이번 작전은 끝장일 테니 그냥 빠지는 게 나을 것이다.

라피스는 고개를 끄덕였다.

"하긴 프리뭄이 노리는 건 우리 절대용자들의 성일 테니까. 미스토스 군주 둘이 빠진다고 해도 상관없을 거다."

라피스는 즉시 총사 로카니아를 불렀다.

"로카니아! 그대는 지금 즉시 절대용자의 총사들에게 지금 상황을 상세히 설명하라."

"네, 라피스 님."

로카니아가 그 자리에서 사라졌다.

그렇게 얼마나 지났을까?

로카니아가 다시 나타나 미소 지었다.

"모두 전했어요. 절대용자들도 모두 협력하겠다고 했어요."

"수고했다. 그럼 나도 준비해야겠지."

라피스는 그의 휘하 기사 중 하나를 불렀다. 그사이 다른 절대용자들도 분주하게 움직였다.

잠시 후.

각 절대용자의 성에서 보낸 용자의 기사들이 은밀하게 절대용자 코페르의 할코스 성에 집결했다.

그들이 은밀하게 집결한 이유는 아스텔의 눈에 띄지 않기 위함이었다.

따라서 코페르는 밀실에서 그들을 맞이했다.

그녀 휘하의 기사까지 포함해 모두 일곱 명이었다.

"모두 알고 있겠지만 그대들은 매우 중요한 임무를 수행해야 한다."

"알고 있습니다, 코페르 님."

"목숨을 걸고 임무를 수행할 것입니다."

용자의 기사들은 비장한 표정을 지었다.

코페르는 흡족한 표정으로 말했다.

"그대들의 모습은 이미 그대들의 로드인 절대용자들과 동일하게 변신한 상태지만, 거기에 내가 현혹 마법까지 펼쳐 줘야 완벽하게 상마왕들의 눈을 속일 수 있게 된다. 하지만 명심해라. 그대들의 연기가 매우 중요하다는 것을. 상마왕들이 수상하게 생각하는 즉시 이번 작전은 수포로 돌아가게 될 것이다."

"염려 마십시오, 코페르 님."

"설사 불칸이 나타난다 해도 완벽하게 속이겠습니다."

그러자 코페르는 즉시 그들에게 현혹 마법을 펼쳐 주었다.

"나는 잠시 이 밀실에서 대기할 것이다. 이제부터 그대가 코페르다."

그러자 코페르로 변신한 여기사가 다른 이들에게 외쳤다.

"우리는 이제 군주 마르스와 아스텔의 작전에 응해 대마계 제7위 상마왕 에브도모스와 제9위 상마왕 에나토스를 처치하러 갈 거예요. 이제 용자의 대전으로 이동한 후 마르스와 아스텔과 합류하면 즉각 출전할 것이니 모두 각오들 단단히 하도록 해요."

"난 준비됐으니 염려 마라, 절대용자 코페르."

"나 아이언 역시 준비됐다."

"모두 준비를 마친 것 같으니 어서 가도록 해요!"

다들 절대용자들과 동일한 표정과 말투를 하며 밀실을 빠져나갔다.

혼자 남은 진짜 코페르는 회심의 미소를 지었다.

그러나 이내 무겁게 한숨을 내쉬었다.

'어찌 될지 모르겠구나. 이제는 상황을 면밀히 살펴볼 수밖에 없겠지.'

그녀는 미스토스의 지도를 펼쳐 상황을 주시했다.

아스텔을 통해 프리뭄을 속여 절대용자들이 한곳으로 집결한 것처럼 보이게 하는 것은 성공할 것이다.

그러나 과연 프리뭄이 어떻게 나올지는 알 수 없었다.

마르스가 예측한 대로 상마왕들이 용자의 성을 공격해 올지, 아니면 절대용자들을 공격하기 위해 한곳으로 집결할지 지금으로서는 알 수 없는 것이다.

그렇게 그녀가 복잡한 심정으로 미스토스 지도를 살피고 있는 사이 용자의 대전에서는 마르스와 아스텔이 가짜 절대용자들과 함께 치밀한 작전을 짜는 중이었다.

"상마왕 에브도모스는 라피스, 오르, 코페르, 아이언, 그리고 나 마르스가 맡을 것이오. 상마왕 에나토스는 플룸, 자드, 아가트, 군주 아스텔이 맡기로 하겠소. 놈들이 보이면 그 이하 중마왕들 따위는 무시한 채 무조건 전력을 다해 목표만 공격하시오."

모두 고개를 끄덕였다.

"잘 알아들었다."

"그럼 이제 출발하도록 하죠. 상마왕들이 눈치채면 철수할 수도 있어요."

"크크큭! 우리가 모두 나선 이상 에브도모스와 에나토스는 이미 죽은 몸이다."

"최소한 한 명은 확실히 보낼 수 있겠죠."

절대용자들이 투지를 불태우자 아스텔은 흡족한 표정으로 웃었다. 그는 그들이 가짜임을 전혀 눈치채지 못했다. 현혹 마법이 제대로 작동하고 있다는 증거였다.

"그런데 어찌 군주 루나와 로이스는 오지 않는 것이오?"

마르스가 묻자 절대용자 라피스가 대답했다.

"군주 로이스는 갑자기 급하게 볼일을 보러 갔다."

"급한 볼일?"

"볼일이니 아마도 용변이겠지. 군주 루나는 기다렸다가 그와 함께 온다고 했다."

순간 마르스는 속으로 회심의 미소를 지었지만 짐짓 인상을 확 구겼다.

"우라질! 설마 그 녀석 또 똥을 싸러 갔다는 건가?"

"망할! 이 와중에 제정신인가?"

아스텔 또한 기막힌 듯 울컥했다.

그는 울화를 간신히 억누르는 표정으로 말했다.

"그놈은 한 번 볼일을 보면 반나절이 기본입니다. 아님 어디 가서 또 낚시를 하며 생선을 굽고 있을지도 모르지요."

"그렇소. 제길! 그놈을 기다리고 있다간 애써 얻은 이 기회를 그대로 날려 버리고 말 것이오. 우리끼리도 충분하니 어서 출발합시다."

코페르 등이 고개를 끄덕였다.

"기다리다 날 샐 수는 없는 일이죠."

"그냥 갑시다! 미스토스 군주 둘이 빠졌지만 절대용자들이 모두 합세한 이상 승산은 우리에게 있소."

"모두 출발해요!"

그들은 지체 없이 할코스 성을 나섰다.

Chapter 11
속임수

대마계 대마왕성의 대전.

평소 느긋하게 대마왕좌에 앉아 있던 불칸이 지금은 장비를 장착한 채 출전 태세를 갖췄다.

신비로운 은발 아래 번쩍이는 핏빛의 비늘들. 물고기 비늘처럼 생겨 전신을 두르고 있는 그 갑옷은 불칸의 상징이라고도 할 수 있는 초월마린갑(超越魔鱗鉀)이었다.

또한 그의 한 손에 들린 초월암흑검(超越暗黑劍)도 수많은 절대용자들을 공포에 떨게 한 무기였으니.

초월암흑검 앞에 덧없이 스러져 버린 용자들이 지금껏 얼마나 되는지는 그들을 죽인 불칸도 기억하지 못했다.

'뭐 그런 걸 일일이 기억해. 앞으로 죽일 놈들만 기억하면 되는 거지.'

그야말로 절대 최강의 무기인 초월암흑검!

물론 지금껏 이 검의 공격을 받고도 멀쩡했던 이들이 없는 건 아니었다.

절대용자들과 미스토스 군주들 중에 간혹 초월적 능력을 가진 녀석들이 등장하곤 하기 때문이다.

그러나 그중 가장 강했던 이가 바로 미스토스 군주 레카온이었으니.

레카온은 초월암흑검을 바람처럼 피해 내고 불칸의 몸을 보호하는 초월마린갑을 무참히 찢어 버렸던 무시무시한 녀석이었다.

당시 불칸이 상마왕들과 합공하지 않았다면 레카온에게 치명상을 입히기는커녕 오히려 그가 소멸되어 버렸을 것이다.

그때를 생각하면 지금도 소름이 돋았다.

'레카온 같은 놈이 또 나타나게 해서는 안 돼. 절대용자들을 모조리 쓸어버린 후 모든 용자들을 다 죽이면 미스토스 용병계도 사라지겠지.'

용자들이 없으면 미스토스 용병계는 스스로 존립할 수 없다.

상급 용병들을 제외하고는 용자의 의뢰를 통해서만 미스토스를 얻을 수 있는 터라 하급 용병들은 결국 소멸되어 버릴 것이다.

즉, 용자들만 죽이면 그냥 놔둬도 미스토스 용병계는 소멸될 운명이었다.

"프리뭄, 상황은 어찌 되었느냐?"

어쨌든 불칸은 부활 후 첫 출전이니 만큼 기분이 고무되었다.

더구나 이 첫 출전으로 절대용자들을 모두 쓸어버린다면?

사실상 그에게는 처음이자 마지막 전투가 될 것이다.

그 이후에 벌어질 일들은 전투라기보다는 유희일 뿐이니까.

프리뭄이 대답했다.

"절대용자들이 군주 마르스, 아스텔과 함께 할코스 성을 떠나 상마왕 에브도모스와 에나토스를 향해 접근 중이에요."

프리뭄 또한 전신에 흑색의 번쩍이는 갑주를 장착한 상태였다.

평소에는 천진난만한 엘프 소녀처럼 보였던 그녀지만 장비를 장착한 지금은 전신에서 가공스러운 암흑의 기운이 뿜어져 나와, 그야말로 꿈에 볼까 두려운 악마의 모습이었다.

불칸이 비릿하게 웃었다.

"슬슬 움직일 때가 됐군. 내가 절대용자들을 잡아 줄 테니 넌 반드시 용자의 성들을 파괴해야 한다. 제라칸의 부하들은 꼼꼼하게 배치했겠지?"

"예. 모든 상마왕들과 중마왕들, 그리고 일부 하급 마왕들의 휘하에도 제라칸의 부하들이 체계적으로 배속된 상태죠. 덕분에 초마력대공간진으로 밀어붙여 용자의 성들을 빠르게 괴멸시킬 수 있어요."

"초마력대공간진이라. 그거 꽤 골치 아픈 전법 아니냐?"

"타락한 용자들이 우리 마왕들과 협력해야 펼칠 수 있는 전법이죠. 그것에 대해 저만큼 많이 연구한 마왕도 없을 걸요."

"무조건 이길 자신이 있다는 건가?"

"고대의 전설적인 전략가 카르세우스가 나타나면 모를까 현존하는 그 누구도 저를 이길 수는 없죠."

"크큭! 꽤나 자신만만하구나."

"후훗, 두고 보세요. 절대용자들이 성에 남아 있다면 쉽지는 않겠지만 그들이 없는 한 무조건 이겨요. 초마력대공간진으로 미스토스 결계를 흩어 버리는 건 물론이고 내성부터 단번에 함락시켜 버릴 수 있으니까요."

불칸이 흡족한 듯 미소 지었다.

"내성을 먼저 함락시키면 그 즉시 성은 바로 점령되겠군."

"그렇죠. 절대용자 라피스의 총사 로카니아가 피눈물을 흘릴 모습이 지금부터 눈에 선하군요."

"너야 그렇다 치고, 다른 상마왕들은?"

"상마왕들은 물론 제라칸의 부하들에게도 전법을 모두 전수해 줬어요."

불칸이 시큰둥해하는 표정을 지었다.

"제라칸의 부하들이 그런 고도의 전법을 이해할 수 있을까?"

"제라칸의 부하들 중에 유독 그쪽으로 머리가 잘 돌아가는 녀석이 있더군요. 나칸이라고."

"나칸?"

"인간 마법사죠. 전투력은 별 볼 일 없지만 잔머리를 굴리는 쪽으로는 상당한 소질이 있어서 제가 따로 불러 가르치고 있어요. 앞으로 로드께 적지 않은 도움이 될 거예요."

"쓸데없는 짓을 하는군. 절대용자들을 곧 쓸어버리고 나면 굳이 골치 아픈 전법까지 써 가며 상대해야 할 녀석들도 없을 텐데 말이야."

그러자 프리뭄이 묘하게 웃었다.

"언젠가 로드께서는 사파룬 대륙과 샤론 대륙뿐 아니라 다른 차원들도 공략해 복속시키겠다고 하셨죠."

순간 불칸의 눈빛이 강렬히 빛났다.

"그렇지. 내가 레카온 놈에게 죽었다 부활한 후유증으로 잠시 그걸 잊고 있었군. 나 불칸이 고작 두 개 대륙에 만족할 수는 없는 일."

물론 이 두 개 대륙이라는 것은 소세계의 대륙을 말하는 것이 아니다.

수많은 소세계들과 연결된 무한의 대륙을 말하는 것이다.

사파룬 대륙과 샤론 대륙이 바로 그런 곳이었다.

"이번 출전에서 절대용자들을 쓸어버리고 더욱 세력을 키워 다른 차원을 공략해야 해요. 그때를 위해서는 나칸과 같은 녀석들이 꼭 필요하죠."

"후후, 프리뭄! 여러모로 내 마음을 흡족하게 만드는구나. 그래서 나는 이번 전쟁에서 승리하면 너를 다시 대마왕후로 들이려 한다. 너의 생각은 어떠냐?"

불칸이 부드러운 미소를 지으며 프리뭄의 머리를 쓰다듬었다. 그러자 프리뭄의 뺨이 붉게 물들었다.

"그야 간절히 바라던 것이죠. 이번에는 정말 잘할 자신이 있어요."

사실 프리뭄이 불칸의 아내 즉, 대마왕후(大魔王后)가 된 건 한두 번이 아니었다.

대마왕후가 되었다가도 불칸이 변덕을 부리거나 혹은 그녀가 바람을 피워 쫓겨나는 등 둘은 그야말로 파란만장한

애정사를 갖고 있었다.

“좋아. 그럼 반드시 절대용자들의 성들을 함락시켜라.”

“맡겨 주세요, 로드.”

“이제 출전을 해 볼까?”

불칸이 초월암흑검을 빼 들고 의미심장하게 웃었다.

*　　*　　*

군주 마르스가 선두에서 외쳤다.

“이제 저 산만 넘어가면 바로 그놈들이 있소. 모두 준비 됐소?”

“나 라피스 준비됐다.”

“나 오르 준비됐소.”

귀여운 생김새의 라피스는 금빛의 건틀릿을 장착했고, 잘생긴 엘프 청년의 외모인 오르는 은빛으로 번쩍이는 쌍검을 양 손에 쥐었다.

“나 코페르도 준비 마쳤어요.”

“나 아이언도 싸울 준비가 됐다.”

여마법사 코페르는 푸른 스태프를 양손에 쥔 채 눈빛을 번쩍였고, 용족의 절대용자 아이언은 대검을 번쩍 쳐들었다.

"나 플롱 준비됐다."

"나 자드 준비를 마쳤다."

"나 아가트. 준비 완료했어요."

플롱은 신비하게 반짝이는 활을 쥔 여성 궁수였고, 어새신 용자 자드는 머리에 짙은 후드를 둘러쓴 남성이었다.

마지막으로 아가트는 여성 엘프로 백색으로 빛나는 완드를 한 손에 쥐고 있었다.

"전투에 앞서 모두에게 축복을!"

화아아악!

절대용자 아가트는 전투력도 뛰어나지만 그녀의 진가는 보조 마법과 회복 마법에서 드러났다.

미스토스의 힘도 회복에 더욱 특화되어 있어 그녀가 옆에 있으면 다른 이들은 회복에 신경 쓰지 않고 전투에만 전념해도 될 정도였다.

화아아악!

화아악!

전투력이 대폭 상승할 뿐만 아니라 웬만한 상처를 입어도 즉시 회복되는 축복.

물론 지금은 아가트 휘하의 기사가 변신한 상태로 비슷하게 흉내만 낸 것이지만, 현혹 마법으로 인해 모두에게는 진짜가 펼친 축복처럼 느껴졌다.

"쿠하핫! 고맙소, 절대용자 아가트."

"이렇게 함께 모여 싸워 본 게 얼마 만인지 모르겠군."

"아가트, 그대가 뒤에 있으니 든든하구나."

"고마워요. 힘이 솟는군요."

그렇게 군주 마르스와 아스텔, 그리고 일곱 명의 절대용자들은 투지를 불태우며 목적지로 향했다.

그런데 그들이 산을 넘자마자 돌연 사방이 어둠으로 뒤덮였다.

스스스.

선두로 가던 마르스가 흠칫 놀라며 멈춰 섰다.

"이건 암흑 결계?"

"이놈들이 우리가 올 것을 알고 대비하고 있었던 것이 분명합니다."

아스텔도 안색을 굳힌 채 말했다.

반면에 마르스는 이미 이런 일이 벌어질 것을 짐작하고 있었던 터라 그리 당황하지 않았다.

'크! 드디어 시작된 건가?'

아스텔을 통해 자신들이 이곳에 오는 것을 프리뭄이 모두 알고 있는 이상 절대용자 모두를 해치울 만한 함정을 파놓았을 것이다. 사실 이 자리에 있는 이들 중 아스텔만 그것을 모르고 있을 뿐이었다.

절대용자로 변신한 용자의 기사들도 모두 각오를 단단히 하고 있는 상태였다.

과연 누가 나타날 것인가?

바로 그때 그들의 앞에 핏빛의 갑옷을 전신에 두른 은발의 사내가 나타났다. 그 뒤로 또 타락한 용자로 추정되는 잿빛 머리의 사내가 모습을 드러냈지만, 마르스의 시선은 은발 사내에 집중되어 있었다.

너무 놀라 심장이 쿵 내려앉는 듯했기 때문이다.

"헉! 저놈은?"

설마 했지만 불칸이 직접 나타날 줄이야.

그때 아스텔도 불칸을 알아봤는지 기겁했다.

"이, 이런! 어째서 불칸 저놈이 이곳에? 당장 피해야 합니다."

절대용자들도 일제히 경악성을 토했다.

"불칸! 네놈이 어찌!"

"상마왕 에브도모스와 에나토스는 어디가고 불칸이 이곳에 나타난 걸까요?"

"제기랄! 이건 뭔가 잘못된 것 같군."

"일단 피해요! 여기서 불칸을 상대하는 건 바보짓이에요."

그들은 진짜 절대용자들이 이곳에 있었다면 취했을 행동을 그대로 했다. 거기에 현혹 마법까지 펼쳐진 상태이다 보니 불칸은 그들이 가짜일 거라고는 상상도 하지 못했다.

불칸은 팔짱을 낀 채로 담담히 말했다.

"쓸데없는 짓들 하지 마라. 이미 이곳은 초마력 결계가 펼쳐진 상태야. 날 죽이기 전에는 너희 중 누구도 이곳을 벗어날 수 없다. 물론 미스토스 귀환도 불가능할 거야. 여기 있는 용자 제라칸이 날 돕고 있거든."

그 말이 끝나는 순간 아스텔이 이를 갈더니 용자 제라칸을 향해 돌진했다.

"이 타락한 용자 놈! 세상에 할 짓이 없어서 마왕과 붙어먹는다는 말이냐?"

아니, 그렇게 외치려고 했다.

그러나 아스텔은 입을 막 벌리자마자 불칸이 슬쩍 날린 검기에 그대로 먼지가 되어 사라졌다.

이에 마르스 등은 경악했다.

어찌 대충 날린 검기 한 번에 미스토스 군주 아스텔이 그토록 허망하게 당한다는 건가?

그뿐이 아니었다.

불칸이 한손을 슬쩍 휘두르자 마르스는 물론이고 일곱 명의 절대용자 모두가 암흑의 줄에 의해 꽁꽁 묶여 버렸다.

이 또한 피할 수도 없었고 없앨 수도 없었다.

암흑의 줄이 몸을 감는 순간 마나를 한 줌도 쓸 수 없었을 뿐 아니라 전신에 맥이 탁 풀려 버린 것이다.

이 순간 가능한 것이 미스토스 귀환인데 타락한 용자 제라칸이 의미심장한 미소를 지으며 그것을 방해하고 있으니 그야말로 속수무책이었다.

불칸이 픽 웃었다.

"그렇게 놀랄 것 없다. 너희들은 내 앞에서 그저 버러지일 뿐이니까. 그래도 나의 친구들은 편하게 돌아가서 쉬게 해 주는 게 배려이겠지. 군주 마르스! 너도 수고 많았다. 아스텔처럼 용병계로 돌아가 푹 쉬도록 해라."

사실 이제 절대용자들을 모두 쓸어버리는 판에 굳이 용병계와 용자들을 이간질할 필요는 없었다.

그런데도 이간질을 하는 이유는 마지막까지 절대용자들을 절망에 빠져 죽게 만들기 위함이었다.

배신감에 몸부림치며 괴로워하는 모습을 보는 것.

그것이야말로 불칸이 가장 즐기는 취미라 할 수 있으니까.

이에 마르스가 울컥하며 버럭 소리치려고 했다. 그러나 입을 막 벌리려는 순간 이미 검기가 그의 몸을 스쳐 지나갔다.

"으윽!"

검기처럼 보이지만 초월적인 힘이 깃들어 있는 터라 마르스가 기를 쓰고 막으려 했지만 소용없었다.

'이런 터무니없는!'

그는 두 자루의 도끼를 교차한 자세 그대로 먼지가 되어 사라졌다.

파스스스.

그렇게 두 명의 미스토스 군주가 불칸에 의해 눈 깜짝할 사이에 용병계로 강제 귀환되어 버리는 것을 본 절대용자들은 치를 떨었다.

'어찌 미스토스 군주들이 저리 무력하게 당한다는 말인가?'

'말도 안 돼! 미스토스 군주들이 반격 한 번 못 해 보고 당하다니.'

그야말로 불칸의 전투력은 상상을 불허했다.

그들은 불칸이 강하다는 것에도 놀랐지만, 자신들을 함정에 빠뜨린 것이 마르스와 아스텔이란 사실에 분노했다.

"이럴 수가! 친구들이라니! 그럼 미스토스 군주들이 불칸의 편에 붙었다는 건가?"

"맙소사! 우리 모두가 또 속았어요. 어찌 이런 일이!"

"역시 미스토스 용병계에 배신자가 있었군요. 그것도 군주들이라니!"

"으득! 이 씹어 먹을 새끼들이 감히 배신을! 나 용족의 용자 아이언! 내 이름을 걸고 이후로 절대 미스토스 용병계와는 상종도 하지 않을 것이다."

사실 절대용자의 기사들은 불칸이 뻔히 술수를 부린다는 사실을 눈치챘다. 그러나 그런 내색을 하지 않고 배신감에 치를 떠는 모습을 보여 주었다.

이는 불칸을 완전히 속이기 위함이었다.

과연 불칸은 회심의 미소를 지으며 말했다.

"미련한 놈들 같으니. 배신한 놈이 무슨 잘못이 있느냐? 그것에 속은 것들이 멍청한 거지."

"크으! 닥치고 죽이려면 빨리 죽여라!"

"어서 우릴 죽여라, 불칸!"

불칸은 고개를 흔들었다.

"그럴 수는 없지. 누구 좋으라고 너희를 지금 죽이겠냐?"

"우라질! 이 재수 없는 마왕 놈아! 네가 무슨 짓을 하던 우리가 눈 하나 깜빡할 것 같으냐?"

아이언이 눈을 부릅뜨고 외쳤다. 순간 불칸이 힐끗 아이언을 쳐다보며 손가락을 까딱했다.

그러자 아이언이 그대로 불칸을 향해 빨려들 듯 끌려갔다.

"넌 아직도 네가 어떤 처지인지 모르는 것 같군."

불칸의 두 눈이 붉게 번쩍이더니 그의 주먹이 그대로 아이언의 배를 후려쳤다.

푸확!

동시에 불칸의 손이 아이언의 복부로 파고들었다. 그리

고는 내장을 마구 휘저어 뜯어 버렸다.

"쿠으으윽!"

아이언의 안색이 하얗게 질렸다. 그런데 그렇게 잡아 뜯겼던 내장이 언제 그랬냐는 듯 금세 멀쩡하게 변했다.

이는 불칸이 상처를 낸 즉시 다시 회복시켜 버렸기 때문이었다.

그리고 불칸은 그것을 반복했다.

"크아아악!"

퍽! 푸확! 우드득!

뼈를 으스러뜨리고 회복시키고, 살점을 갈기갈기 찢은 후 회복시키고, 그래서 아이언은 죽고 싶어도 죽을 수가 없었다.

"어때? 이제 좀 실감이 나느냐?"

"크아아악! 아아악! 이 미친놈아! 차라리 주, 죽여!"

아이언이 미친 듯 비명을 질렀지만 불칸은 멈추지 않았다. 오히려 아이언의 전신을 손톱으로 난도질하고는 킥킥 웃었다.

"걱정 마라. 용자의 성이 부서지기 전에는 널 죽이지 않는다."

불칸은 아이언을 고깃덩이 던지듯이 바닥에 내팽개쳤다.

"으으으!"

불칸의 손톱에 당한 상처에서 시커먼 진물이 흘렀다. 아이언의 전신에 수많은 기포들이 생겨나 용암처럼 부글부글 끓어올랐다.

"크으윽! 크아아아아!"

그 기포들은 신체에 고통을 주지만 오히려 생명력을 회복시킨다.

따라서 영원한 고통에 몸부림칠 수밖에 없었다.

"크윽! 으아아악! 제발 죽여!"

"으으!"

"우……!"

아이언이 처참하게 당하는 모습을 본 다른 절대용자들은 침통한 표정을 지었다.

"이제 시작일 뿐인데 뭘 그리 표정들이 어두운 거냐? 고작 이 정도로 끝나지는 않으니 기대해라. 나는 어둠 속에서 오직 너희 용자들을 찢어 죽일 날만 기다렸느니라."

불칸이 사악하게 웃으며 다가와 그들을 마구 후려쳤다.

퍽! 퍼퍽! 콰드득!

"크악!"

"아아악!"

"으윽!"

결국 그들의 몸에도 기포가 끓어올랐다.

전신이 찢기는 듯한 극한의 고통!

"아아악! 크아아악!"

"으으윽!"

"끄아아악!"

불칸은 그대로 그들을 무릎 꿇게 했다.

또한 입을 닫아 신음도 지르지 못하게 했다.

고통은 그대로였지만 마치 돌처럼 굳어진 상태로 그들은 꼼짝도 할 수 없었다.

"이제야 좀 조용하군."

"……!"

"……!"

모두들 극도의 고통 속에서 신음도 지르지 못한 채 눈물만 흘려 댔다. 하지만 괴로워하는 와중에도 그들은 속으로 웃고 있었다.

'불칸 네놈도 곧 뒤통수를 맞을 것이다.'

'네놈은 여전히 우리가 진짜 절대용자가 아니라는 사실을 눈치채지 못하는군.'

자신들의 희생을 통해 얻은 이 기회로 절대용자들이 반드시 불칸의 뒤통수를 때려 줄 것이라고 그들은 확신했다.

"어디 지금 상황이 어떻게 됐는지 볼까?"

그때 불칸이 그들의 앞에 커다란 입체 지도를 펼쳐 보였다.

일곱 개 절대용자의 성들.

그리고 그 성을 둘러싼 수많은 마왕, 마족, 마물들의 모습이 지도를 통해 선명히 보였다.

"너희가 그토록 자랑하던 성들이 어떻게 부서지는지 잘 지켜봐라. 저 성들이 부서지면 너희들을 하나씩 갈기갈기 찢어 죽여 주지."

불칸은 광기서린 눈빛으로 키득거렸다.

바로 그 순간.

절대용자 라피스의 라주리 성.

미스토스 지도를 통해 자신의 기사를 비롯한 다른 절대용자의 기사들이 불칸에게 끔찍한 고통을 받는 장면을 바라보는 라피스의 두 눈에서는 피눈물이 흘러내렸다.

'크흑!'

루나와 로이스 또한 그 모습을 보며 인상을 찌푸렸다.

"불칸 저놈, 해도 너무하는군."

"저놈이 불칸이었나? 더럽게 재수 없게 생긴 녀석이군."

루나가 말했다.

"로이스! 우리가 저들의 희생을 헛되이 하지 않으려면 오늘 반드시 상마왕 중 하나를 없애야 한다."

"이런 상황이 왔는데도 고작 하나를 없애자는 거냐?"

로이스가 어이없어하자 루나는 안색을 굳혔다.

"나라고 저들을 모조리 쓸어버리고 싶지 않겠나? 그러나 현실적으로 우리가 저들에게 입힐 수 있는 타격은 한계가 있다. 불칸까지 등장한 이상 절대용자들은 모두 자신의 성을 지켜야 한다. 그들 중 누구도 성을 벗어날 수 없는 상황이야."

"결국 우리 둘이서 상마왕을 하나 기습해 처치하는 게 최선이라는 거군."

"바로 그거다, 로이스. 지금 우리는 누구를 칠지 결정해야 한다."

루나는 미스토스 지도를 가리켰다.

[절대용자 라피스의 라주리 성]

—제1위 상마왕 프리뭄

—제9위 상마왕 에나토스

—제10위 상마왕 데카토스

—그 외 중마왕 10명 외 다수

[절대용자 오르의 고르드 성]

—제2위 상마왕 데르테로스

—제1위 중마왕 이페스티오

—그 외 중마왕 5명 외 다수

[절대용자 코페르의 할코스 성]

—제3위 상마왕 테르티움

—제3위 중마왕 미세리아 외 다수

[절대용자 아이언의 하디듄 성]

—제4위 상마왕 피어트

—제4위 중마왕 스트루토 외 다수

[절대용자 플롱의 모리브도스 성]

—제5위 상마왕 다이고

—제5위 중마왕 조이피오 외 다수

[절대용자 자드의 네프리 성]

—제6위 상마왕 젝스트

—제6위 중마왕 프라질리스 외 다수

[절대용자 아가트의 스하티스 성]

—제7위 상마왕 에브도모스

—제7위 중마왕 페블루스 외 다수

지도에는 각 절대용자의 성들을 공격해 온 상마왕들과 중마왕들이 누군지 다 표시되어 있었다.

한눈에 봐도 작정하고 공격해 온 것이 분명해 보였다. 라피스가 있는 라주리 성에는 상마왕만 무려 세 명이었다.

특히 그중에는 제1위 상마왕 프리뭄이 있었다.

그래서인지 라피스의 안색이 굳어 있었다.

“전체적으로 절대용자들을 포위하는 배치를 보니 초마력대공간진을 펼치려는 것 같다. 그 전에 서둘러 그것을 방해하지 않으면 어떤 큰일이 벌어질지 알 수 없다.”

“초마력대공간진? 마왕들이 작정을 했구나.”

루나 역시 당혹스러워하는 표정을 지었다. 라피스가 다급히 외쳤다.

“이 성은 걱정 마라, 루나. 내가 어떻게든 버텨 보겠다. 그사이 그대들이 상마왕 중 하나를 제거해야 어떤 식이든 활로가 생겨날 것이다.”

그러자 루나가 절대용자 아가트의 스하티스 성을 가리켰다.

“로이스! 우린 가장 확실한 승산이 있는 곳으로 이동하는 게 좋겠다. 우리가 합공하면 상마왕 에브도모스는 반드시 죽일 수 있을 거야.”

순간 로이스가 크게 웃었다.

"지금 이 상황에서 고작 제7위 상마왕 하나 처치하자는 거냐?"

"그것만 해도 매우 큰 쾌거라 할 수 있다. 다른 소리 말고 당장 스하티스 성으로 이동하자."

그러나 로이스는 고개를 흔들었다.

"그놈을 해치워 봤자 앞으로 상황은 바뀌지 않아. 불칸이 기겁할 만한 뭔가를 해야 해."

"그럼 대체 누굴 치자는 뜻인가?"

"아까 이번 전쟁은 감으로 한다고 말했지?"

"그랬다."

"내 감은 바로 여기야."

로이스는 입체 지도의 한곳을 가리켰다.

그곳은 바로 이곳 라주리 성을 공격해 온 제1위 상마왕 프리뭄이 있는 곳이었다.

"미쳤구나! 지금 설마 프리뭄을 공격하겠다는 건가?"

"프리뭄만 사라지면 더 이상 그 서큐버스의 몽인인지 뭔지 하는 것에 신경 쓰지 않아도 되잖아. 적어도 이 정도는 되어야 불칸에게 한 방을 먹일 수 있어."

루나와 라피스는 기막힌 듯 로이스를 쳐다봤다.

"로이스! 제1위 상마왕 프리뭄은 우리 셋이 모두 힘을 합쳐도 이길 수 있을지 알 수 없는 강력한 존재다. 프리뭄을 죽이는 건 불가능해."

"프리뭄과 데르테로스, 테르티움은 제외해라. 그 이하 상마왕을 노려야 승산이 있다. 군주 루나의 말대로 에브도모스를 처치하는 게 현명한 일이다, 로이스."

"천만에! 난 프리뭄으로 결정했어."

로이스는 단호하게 외쳤다.

그러자 라피스가 인상을 찌푸렸다.

"정신 차려라, 로이스! 모두가 피눈물 흘리며 만든 한 번의 기회를 헛되이 날릴 셈이냐?"

루나 역시 엄한 눈빛으로 로이스를 노려봤다.

"군주 로이스! 이건 명령이다. 비록 회의에서는 동등한 발언권을 가지지만 전시에는 선임 군주인 나의 명령을 따라야 한다. 어기면 군주로서의 자격이 박탈할 만한 죄에 해당된다."

그러자 로이스의 두 눈에서 섬뜩한 한광이 폭사되어 나왔다.

"다시 말하지만 난 이미 결정했다."

분노한 로이스는 얕보이기 전술을 해제했다.

그러자 즉각 포식자의 위압 8단계가 발동되고 말았다.

Chapter 12
초월육마분신(超越六魔分身)

츠츠츠츳—!

상마왕들도 두려워 떨게 만든다는 가공스러운 위압!

"으윽!"

"으!"

라피스와 루나가 자신도 모르게 뒷걸음질 쳤다.

주먹을 쥔 채 그들을 노려보는 로이스의 전신에서 항거할 수 없는 절대자의 기세가 피어났다.

"여러 번 말하게 하지 마. 난 지금 프리뭄을 죽이러 간다."

"……."

"루나! 너는 에나토스를 공격해. 그리고 라피스! 넌 데카토스를 맡아라. 그놈들을 죽이든 아니면 마계로 귀환시키든 최대한 프리뭄이 있는 곳에서 멀리 떨어뜨려만 줘. 그럼 오늘 내 손에 프리뭄은 죽을 거야."

루나와 라피스는 자신도 모르게 고개를 끄덕였다.

"알았다, 로이스. 네 말대로 정말 프리뭄을 죽일 수만 있다면 뭐든 한다."

"그렇게까지 말하니 나도 네 뜻을 따르겠다."

그것은 일종의 생존 본능이기도 했다.

뭐라 말로 표현할 수 없는 극도의 두려움!

거부했다간 로이스에게 죽을 것 같았다.

그것도 그냥 죽는 것이 아니라 잡아먹힐지도 모른다는 불안감!

마치 상위 포식자 앞에 선 먹잇감이 된 느낌이었다.

물론 실제로 로이스가 그런 끔찍한 일을 벌일 리는 없었다.

포식자의 위압이 가진 공포 효과가 그런 착각을 불러일으켰을 뿐.

거기에 로이스의 전신에서 뿜어져 나오는 기세 자체도 루나와 라피스를 위축시켰다.

루나는 이미 로이스를 미스토스 군주로 인정할 당시, 그가 자신보다 강하다는 사실을 알고 있었다.

그러나 지금 보이는 기세는 그때와는 차원이 달랐다.

'맙소사! 그때 전력을 다한 것이 아니었던 거야?'

라피스 역시 경악한 상태였다.

'놀랍군. 기세를 감춰 실력을 숨기고 있었다니. 나는 상대조차 될 수 없을 정도다.'

절대용자 중 최강이라는 라피스를 이토록 위축시키는 기세라면?

'그냥 하는 말이 아니야. 정말로 군주 로이스가 프리뭄을 죽일 수만 있다면 전쟁의 판도가 달라질 것이다.'

로이스의 말대로 더 이상 아군의 전략이 노출되지 않게 된다.

프리뭄이 죽는 순간 몽인도 더 이상 효력을 발휘하지 않을 테니까.

또한 프리뭄을 죽일 정도의 전투력을 가진 로이스라면 불칸도 견제할 수 있을 것이다.

절대용자들은 지금보다 운신의 폭이 넓어질 것이며, 그로 인해 하급 용자들도 적극적으로 도와주는 게 가능해진다.

이에 표정이 상기된 라피스가 힘차게 외쳤다.

"그럼 나도 상마왕 에나토스와 데카토스는 무시한 채 프리뭄에게 모든 공격을 집중시키겠다."

루나 역시 고개를 끄덕이며 말했다.

"나 또한 마찬가지야. 비록 내가 프리뭄을 죽이진 못해도 그대가 공격할 만한 빈틈을 만들어 줄 수는 있어."

그러자 로이스가 흐뭇한 표정을 지었다.

"진작 이렇게들 나올 것이지. 하지만 그건 좋지 못한 방법이야. 상마왕들이 암흑의 속박이라는 걸 펼치면 꼼짝없이 그놈들이 귀환하는 걸 지켜봐야 하거든."

암흑의 속박!

상마왕들이 위기에 처했을 때 주변의 적을 묶어 버린 후 귀환 포탈을 만들어 도주하는 최후의 생존기.

다행히 로이스는 그것을 용자 데니아의 축복 인장이 가진 회생의 능력으로 풀어 버릴 수 있다.

하루 한 번만 쓸 수 있다는 게 아쉬울 뿐.

그러자 라피스가 고개를 갸웃했다.

그 역시 어둠의 속박에 대해 누구보다 잘 알고 있기 때문이다.

만약 상마왕들에게 그런 생존기가 없었다면, 라피스는 벌써 상마왕 여럿을 해치웠을 것이다.

"어차피 어둠의 속박이 펼쳐지면 우리로선 방법이 없다. 상마왕들에게 그걸 펼칠 틈도 주지 말고 단번에 해치워버리는 것! 그것이 그놈들을 죽일 유일한 방법이 아닌가?"

"난 그 속박을 풀 수 있어. 두 번 연속은 힘들지만."

"뭐라고?"

"그게 정말인가?"

라피스와 루나는 믿을 수 없다는 표정이었다.

'저런 괴물 같은 녀석이 있다니!'

절대용자들이 미스토스의 힘을 소모해도 그 속박을 쉽게 벗어나지 못한다. 그런 쪽에 있어서 가장 강력한 능력을 지닌 절대용자 아가트도 마찬가지였다.

그런데 로이스가 그것이 가능할 줄이야.

"그래서 난 프리뭄과 일대일로만 싸우면 충분히 이긴다. 너희들은 프리뭄 근처에 다른 상마왕들이 얼씬도 못하게 쫓아 버리기만 하면 돼."

"상마왕이 펼친 암흑의 속박을 풀어 버릴 수 있다니! 상마왕 바스모를 죽였던 것도 바로 그런 능력이 있어서 가능했던 건가?"

"맞아. 이제 내 뜻을 따라 줄 거야?"

그러자 루나가 씩 웃었다.

"좋아! 네 뜻에 따라 주지."

"나 또한 그리 하겠다."

동시에 라피스는 총사 로카니아를 시켜 바닥에 포탈을 생성시켰다. 로카니아가 잔뜩 긴장한 표정으로 말했다.

"초마력대공간진이 완성되기 직전이에요. 기습을 하려면 서두르셔야 해요."

로이스가 물었다.

"이 포탈은 뭐지?"

"상마왕 프리뭄 근처로 단번에 이동하는 포탈이에요."

"그럼 당장 출발할게."

"이동 즉시 공격이 들어올 수도 있으니 조심하세요."

"염려 마."

로이스는 즉각 포탈로 진입했다. 그러자 금빛의 건틀릿을 양손에 장착한 라피스가 그 뒤를 따랐다. 루나 역시 영멸의 사슬낫을 손에 쥐고 지체 없이 포탈로 들어섰다.

번쩍! 화아아악—

포탈 마법진이 발현한 빛이 시야에서 사라지기도 전에 로이스의 귀에 들려오는 섬뜩한 음성.

"누가 감히 날 기습하려는 건가?"

그 즉시 섬광처럼 공격이 날아들었다.

촤아아악!

사방 공간을 휘감으며 날아드는 거대한 뱀과 같은 형상의 무기였다.

그러나 로이스는 가볍게 몸을 움직여 그것을 피해 냈다.

쿠아아아앙!

순간 로이스가 있던 일대의 공간이 무너져 내릴 듯 흔들렸다.

'채찍이 저런 위력을 내다니! 대단하군.'

한눈에 봐도 군주 루나가 가진 영멸의 사슬낫보다 몇 단계 높은 파괴력을 가진 채찍이었다.

다행히 로이스는 맞받아치지 않고 피했다.

물론 그의 몸은 적당히 부서지고 깨질수록 전투력이 대폭 증가하긴 한다.

하지만 그러다 자칫 단번에 무너져 버리기라도 한다면 낭패였다. 그대로 빈사 상태가 되어 소환된 후 릴리아나의 꽃밭에서 눈을 떠야 할 테니까.

그만큼 프리뭄의 채찍은 로이스가 맷집을 믿고 일부러 맞을 만큼 만만한 무기가 아니었다.

"군주 로이스? 네놈이로군."

그때 프리뭄이 로이스를 알아봤다. 아스텔을 통해 로이스를 보아 왔으니 낯익게 느껴질 정도였다.

"날 알아? 따로 소개를 하지 않아도 되니 편하네."

로이스는 미소 지었다. 보통은 네가 누구냐고 물어보는데 프리뭄에게 그런 과정은 필요가 없었다.

"네놈이 어찌 이곳에 온 거지? 용변이 급하다고 하더니 왜 날 기습하러 온 거냐?"

아스텔을 통해 들었던 대로 그녀는 로이스가 또 볼일을 보러 갔다 생각한 것이다. 로이스는 고개를 끄덕였다.

"그냥 볼일을 보러 가던 중이었는데 네가 보여서 말이야."

"별로 급하진 않았나 보네."

"너부터 죽이고 천천히 봐도 돼."

"죽고 싶어서 미쳤구나. 뭐 그렇지 않아도 네놈을 좀 손봐 주고 싶었는데 잘 걸렸긴 하다만."

"너야말로 오늘이 날이야, 프리뭄."

"날? 무슨 날?"

"죽을 날."

"누가?"

"여기 너 말고 또 누가 있냐?"

그러자 프리뭄이 기막힌 듯 크게 웃었다.

"너 따위가 감히 날 죽이겠다고? 호호호!"

그녀의 두 눈이 핏빛으로 번쩍였다. 푸른 머리카락이 검게 물들어 사방으로 뻗어 나갔다.

츠츠츠츠!

암흑의 기운이 가득한 머리카락은 끝도 없이 뻗어 나갔고 이내 천지 사방을 암흑으로 가렸다.

번쩍! 번쩍!

그러한 암흑 속에서 거대한 두 개의 홍채가 빛났다.

"지옥으로 온 걸 환영한다, 로이스."

"널 죽이러 왔는데도 환영해 주는 거냐?"

로이스는 태연하게 말했지만 속으로는 무척 놀란 터였다.

'젠장! 생각보다 훨씬 강하네.'

얼마 전 죽였던 상마왕 바스모와는 차원이 다른 강력한 기세!

바스모보다 훨씬 강한 군주 루나도 지금 프리뭄에 비하면 그저 평범한 수준이라 해야 할 것이다.

'불칸 정도나 되어야 이런 기세를 뿜어낼 수 있을 줄 알았는데.'

로이스가 놀란 건 바로 이것 때문이었다.

프리뭄이 꽤 강해 보이지만 그래 봤자 얼마든지 죽일 수 있다.

문제는 불칸.

'듣던 대로 불칸 그놈이 프리뭄보다 몇 배 이상 강하다면 지금의 내가 이기긴 쉽지 않겠어. 빨리 강해져야지.'

어서 레벨을 올려 미스토스 군주가 되어야 한다.

용병계에서 인정하는 군주 말고, 진정한 미스토스 군주 말이다.

"받아랏!"

로이스는 그대로 돌진해 주먹을 뻗었다.

빈틈이 보인 순간 눈 깜짝할 사이에 파고들어 공격을 날린 것이었다.

콰아아앙!

순간 뭔가가 폭발한 듯한 굉음과 함께 주변의 공간이 무너져 내렸다.

프리뭄의 채찍이 보여 줬던 것보다 훨씬 더 강력한 파괴력!

그것이 로이스의 주먹에 의해서 펼쳐진 것이다.

그런데 놀랍게도 프리뭄은 거대한 방패로 로이스의 주먹을 막아 버렸다.

'윽! 저 방패는 뭐냐?'

방패에는 흠집조차 없었다. 오히려 그 반탄력에 로이스가 충격을 입었을 뿐이다.

프리뭄이 오연히 웃었다.

"뭘 그리 놀라지? 내가 그깟 공격에 당할 거라고 기대했나 보네?"

"닥쳐! 이번엔 반드시 죽여 주마."

로이스는 번쩍 프리뭄의 후면으로 이동해 주먹을 날렸다.

콰아아앙! 콰앙! 콰콰콰쾅!

소나기처럼 무더기로 날리는 연타!

그런데 그 또한 폭음만 요란하게 울릴 뿐 프리뭄은 방패로 가볍게 막아 버렸다.

물론 자세히 보니 입가에 살짝 핏물이 흐르고 있었다. 로이스는 회심의 미소를 지었다.

'그럼 그렇지. 네가 아무리 대단한 방패를 쥐고 있어도 내 공격에 멀쩡할 수는 없을 거야.'

프리뭄은 이 상황에 살짝 당황한 듯했지만 이내 알 수 없는 미소를 지었다.

"제법이군. 상마왕 바스모가 왜 죽었는지 알겠어."

"너 또한 그렇게 될 운명이지."

"과연 그럴까?"

프리뭄의 음성이 뭔가 요사스럽게 들리는 순간.

갑자기 또 한 명의 프리뭄이 나타나 로이스를 노려봤다.

"뭐냐? 분신인가?"

방패 전사 프리뭄 옆에 대검을 든 프리뭄이 나타난 것이다. 그녀는 로이스를 향해 대검을 번쩍 휘둘렀다.

"호호호! 죽어랏!"

쒸이익—! 콰아앙!

로이스는 황급히 주먹으로 대검을 쳐 냈다.

본래는 피해야 했지만 그사이 또 하나의 분신이 나타나 공격해 온 터라 그럴 틈이 없었다.

한손에 흑색의 단검을 든 분신이었다.

'이번엔 어새신인가?'

그녀는 가히 광속에 가까운 속도로 움직이며 로이스를 향해 미친 듯 단검을 휘두르기 시작했다.

휘휘휘휙— 파파파! 푹! 푹푹! 푸확!

로이스는 정신없이 피하며 주먹으로 쳐 내고 일부는 몸으로 받았다.

동시에 어새신 프리뭄의 머리를 주먹으로 후려쳤다.

콰아아앙!

그러자 방패 전사 프리뭄이 번쩍 나타나 로이스의 공격을 받아 냈다.

그사이 어새신 프리뭄은 뒤로 훌쩍 물러난 상태.

로이스가 따라붙어 공격을 날렸지만 그 또한 방패 전사 프리뭄에게 가로막혔다.

'젠장! 지금 뭐하자는 거냐?'

분신들이 하나같이 만만치 않았다.

그러나 거기서 끝이 아니었다.

이번에는 멀리서 활을 든 궁수 프리뭄이 나타나 로이스를 향해 마구 화살을 날렸다.

푸확! 푹! 푸확!

상상을 불허할 속도! 화살이 눈에 보이지도 않아 그저 감으로 피해야 했다.

어쩔 수 없이 로이스는 몸으로 받아 냈다.

대검에 베이고, 단검에 찔리고, 화살이 날아와 박혔다.

번쩍! 화르르르!

거기에 이제는 마법 공격까지!

멀리서 스태프를 든 마법사 프리뭄이 나타나 온갖 마법을 날려 댔다.

"후훗, 어디 이 공격에도 버티나 볼까?"

화르르르르르!

번쩍! 콰아아아앙!

주문도 외우지 않고 그저 스태프를 겨누기만 해도 마법이 날아왔다.

"으! 젠장! 내가 제일 싫어하는 공격이야."

레벨과 전술 등을 통해 마법 저항력을 그토록 올려놨는데도 전신의 피부가 녹아내리고 있었다. 머리카락은 홀랑 타 버렸고 전신에 기포가 올라와 사람이 아닌 괴물로 변해 버렸다.

"호호호! 꼴이 말이 아니로구나. 마물들도 널 보면 흉물스러워할 거다, 로이스."

마법사 프리뭄이 약을 올리자 로이스는 인상을 썼다.

“너 또한 곧 이렇게 만들어 줄 테니 각오해.”

“곧 죽어도 입은 살아 있구나.”

마법사 프리뭄은 다시 미친 듯 공격 마법을 난사했다.

번쩍! 번쩌쩍—

사방에서 수백 개의 뇌전이 로이스의 몸을 일제히 강타하는가 하면, 수백 개의 불망치가 나타나 로이스를 마구 후려치기도 했다.

콰르르! 콰아앙!

그래도 로이스는 잘 받아 냈다.

‘치명상만 피하면 돼.’

피할 건 피하고 맞을 건 맞는다.

웬만한 건 몸으로 받아 내도 그리 큰 타격을 입지 않으니까.

[맷집 162286/257980]

그러다 보니 적당히 맷집도 빠졌다.

고통스럽지만 전투에는 훨씬 유리해질 것이다.

[용자 유리안의 축복 인장이 효력을 발휘합니다.]

[당신의 생명력이 하락한 만큼 공격력이 증가합니다.]

[용자 아이언의 축복 인장이 효력을 발휘합니다.]

[당신의 생명력이 하락한 만큼 방어력이 증가합니다.]

방어력이 상승하자 맷집 하락 속도가 대폭 줄었다.

또한 공격력 상승으로 인해 로이스가 한 번씩 툭툭 날리는 공격에도 방패 전사 프리뭄이 인상을 찌푸리며 괴로워하기 시작했다.

콰앙! 콰쾅! 쾅쾅쾅!

로이스는 계속 방패 전사 프리뭄을 압박했다. 마법사 프리뭄을 노렸지만 금세 방패 전사 프리뭄이 앞을 막았기 때문이다.

"또 너냐? 좋아! 어디 둘 중 누가 먼저 부서지나 보자!"

다섯 명의 분신 중 누구를 향해 공격을 해도 무조건 방패 전사 프리뭄이 그것을 받아 내게 되어 있다.

그것이 처음에는 매우 거슬렸지만, 로이스는 오히려 잘됐다 싶었다.

어차피 방패부터 박살 낼 생각이었으니까.

콰아앙! 콰쾅! 콰아앙!

"으윽! 감히 너 따위가!"

급기야 방패 전사 프리뭄이 입에서 피를 뿜으며 비틀거렸다.

"이제 끝장을 내 주지, 프리뭄."

로이스는 오직 방패 전사 프리뭄만을 노리고 미친 듯 공격을 퍼부었다. 방어 따위는 무시한 채.

쾅! 콰콰쾅! 쾅쾅쾅쾅!

그러자 그사이 다른 분신들이 로이스를 포위했다.

"죽으려고 작정을 했구나, 로이스!"

"호호! 두 쪽을 내 주마!"

"죽어 버렷! 죽엇!"

로이스의 전신을 대검과 단검이 마구 난자했다.

화살이 끝없이 와서 박혔고, 갖가지 마법 공격이 작렬했다.

"크으윽! 젠장!"

그러나 로이스는 그런 것 따윈 무시했다.

벌어진 상처는 금세 아물고, 박힌 화살은 알아서 가루로 변해 버린다.

또한 녹아 버린 피부도 그대로 놔두면 정상으로 돌아온다.

물론 맷집은 서서히 하락하고 있지만, 그럴수록 방어력이 더욱 상승하니 쉽게 죽고 싶어도 죽을 수가 없었다.

"크하하하! 다 죽여 버린다!"

로이스는 더욱 공격에 박차를 가했다.

본래라면 전투 시작 후 시간이 지날수록 공격력이 하락하는 것이 정상이다.

격렬한 전투를 하다 보면 당연히 체력이 떨어지게 되니까.

그러나 로이스는 그런 상식이 통하지 않았다.

용자의 축복 인장이 발하는 효과 때문에 오히려 갈수록 더욱 강한 공격을 펼쳤다.

"그만 죽어라! 마왕!"

콰앙! 콰쾅!

"으윽! 뭐 이런 괴물 같은 녀석이!"

급기야 막강한 방어력을 보여 주던 프리뭄의 방패에 금이 가기 시작했다. 방패 전사 프리뭄의 전신에서 피가 철철 흘러내렸고, 그녀는 금세라도 비틀거리다 쓰러질 것 같아 보였다.

"네놈 제법이구나!"

방패 전사 프리뭄은 로이스의 불가사의한 전투력에 매우 놀란 표정이었다.

로이스는 승리를 확신했다.

방패 전사 프리뭄만 없애 버리면 그 밖의 것들은 아주 손쉽게 해치울 수 있을 테니까.

그런데 바로 그 순간.

방패 전사 프리뭄이 묘한 미소를 흘렸다.

“아직 끝난 게 아니야. 하지만 나의 마지막 분신까지 나오게 만들다니 네가 대단한 건 인정해 주마, 로이스.”

“뭐야? 분신이 또 있어?”

그 대답은 멀찍이서 완드를 쥔 여인이 해 주었다.

“맞아. 또 있지. 그리고 지금부터가 진정한 시작이란다.”

그녀는 시커먼 로브를 입고 있는 암흑 사제 프리뭄이었다.

“진정한 시작? 그럼 지금까지는 뭐였는데?”

“장난이었달까?”

“장난?”

“하지만 이제 그만 끝내야겠어. 라주리 성을 점령해야 하는데 너 때문에 시간을 계속 허비할 수는 없잖아.”

그녀는 로이스를 향해 조소를 흘리더니 그대로 완드를 휘둘렀다.

순간 방패 전사 프리뭄의 전신을 암흑의 기운이 휘감았다.

화아아악!

그러자 금세라도 쓰러질 것 같았던 방패 전사 프리뭄이 온전한 상태로 회복되었다. 신체뿐 아니라 갑주와 방패까지.

"으! 이건?"

로이스는 어이가 없었지만 지금은 투덜댈 만한 때가 아니었다.

프리뭄의 다른 분신들이 더욱 난폭하게 공격을 해 왔기 때문이다.

"호호호! 죽어라, 로이스!"

"지옥의 고통을 느껴 보아라, 로이스!"

방패 전사, 대검 전사, 어새신, 궁수, 마법사에 이어 이제는 암흑 사제까지!

특히 암흑 사제가 등장한 순간부터 다른 분신들의 전투력이 급증했다. 또한 로이스를 향해 알 수 없는 기운들이 연신 작렬했다.

그때마다 로이스는 잠시 동안 느려지거나 혹은 멍하니 몸이 멈춰 있기도 했다.

그리고 그런 기회를 틈타 다른 분신들이 더욱 난폭하게 공격을 해 왔다.

"호호호! 이제 그만 죽엇!"

"가루로 변해라, 로이스!"

"어디까지 버티나 보자, 로이스!"

푸확! 푹! 푸푸푹!

콰르르! 번쩍! 쿠콰쾅!

로이스는 비틀거렸지만 이내 키득거리며 방패 전사 프리뭄을 공격했다.

그러자 프리뭄의 분신들은 인상을 찌푸렸다.

"뭐 저런 놈이 다 있어?"

"제발 좀 죽어라!"

"이 징그러운 놈 같으니!"

로이스가 죽을 것 같으면서도 죽지 않고 오히려 한 방씩 툭툭 날리는 공격이 소름끼칠 정도로 강력했다.

퍽! 퍼퍽! 콰콰쾅!

"아아아악!"

급기야 방패 전사 프리뭄이 반죽음 상태가 되어 뒤로 날려 갔다.

이때다 싶어 로이스는 즉시 암흑 사제 프리뭄을 향해 돌진했지만, 방금 전 날아간 방패 전사 프리뭄이 어느새 온전한 상태가 되어 그의 앞을 가로막았다.

"호호! 소용없는 짓이다, 로이스."

"젠장!"

어쩔 수 없이 로이스는 다시 방패를 향해 주먹을 날려야 했다.

콰아앙!

그사이 암흑 사제 프리뭄은 안전하게 뒤로 피신했고, 다시 로이스는 다섯 분신들에 의해 전신을 난자당했다.

푹! 푸확!

촤아악! 푸푸푹!

콰르르릉! 쿠콰쾅!

"으윽! 젠장!"

분신들에게 아무리 상처를 입혀도 암흑 사제 프리뭄이 모두 회복을 시켜 버리니 이건 도무지 방법이 보이지 않았다.

결국 로이스의 맷집만 점점 더 하락했다.

그러나 그 또한 염려할 건 없었다.

[맷집 51596/257980]

[현재 당신의 생명력이 20% 이하이므로 미호의 의지가 발동됩니다.]

[당신의 미호가 4000 소모됩니다.]

[미호 255200/259200]

[미흐의 기운이 당신의 생명력을 모두 회복시킵니다.]

[맷집 257980/257980]

[당신의 공격력과 방어력이 일시적으로 대폭 상승합니다.]

미흐의 의지가 발동되었다!

덕분에 만신창이였던 로이스가 금세 말끔한 상태로 돌아왔다.

맷집이 최대치로 회복!

물론 미흐가 4000 소모되긴 했지만, 무려 25만이 넘는 방대한 미흐를 보유한 로이스에게는 별것 아니었다.

앞으로 60번도 넘게 미흐의 의지를 더 펼칠 수 있는데 무슨 걱정인가?

게다가 맷집이 회복된 탓에 용자의 축복 인장들이 발하는 축복 인장 효과가 사라졌지만, 대신 미흐의 의지가 주는 전투력 상승 효과가 발동되었으니!

이에 프리뭄의 분신들이 일제히 기막혀하는 표정을 지었다.

"뭐야? 모두 회복했어?"

"간신히 다 죽여 놨더니! 우라질!"

"정말 괴물 같은 녀석이네."

로이스가 곧 죽을 거라 생각하며 정신없이 공격을 퍼붓던 프리뭄의 분신들로서는 맥이 빠지고 말 상황.

그러나 로이스가 앞으로 60번 아니, 작정하면 120번도 넘게 이 짓을 반복할 수 있다는 사실은 꿈에도 모를 것이다.

로이스가 씩 웃었다.

"뭘 그리 놀라는 거야? 나도 이제 다시 시작이다. 각오해라!"

어디 누가 이기나 갈 때까지 가 보자.

로이스는 방패 전사 프리뭄을 미친 듯 후려갈겼다.

퍼퍼퍽! 콰콰쾅!

"아아악!"

방패 전사 프리뭄이 비틀거리며 쓰러지기 직전 암흑 사제 프리뭄이 그녀를 회복시켰다.

순간 로이스는 잽싸게 암흑 사제 프리뭄을 공격, 방패 전사 프리뭄이 그사이 회복한 상태로 앞을 가로막았다.

"또 너냐?"

로이스는 방패 전사 프리뭄을 마구 가격했다.

동시에 아까와는 달리 다른 분신들의 공격도 피해 냈다. 마법 공격도 마찬가지였다.

어떤 식으로 공격이 들어오는지 뻔히 파악했는데 또 당해 줄 만큼 너그러운 마음을 갖고 있지는 않았으니까.

하지만 여전히 방패 전사 프리뭄 이외의 분신들을 공격하긴 쉽지 않았다.

방패 전사 프리뭄은 로이스가 아무리 처참한 상태로 만들어도 암흑 사제에 의해 눈 깜짝할 사이에 회복되어 버렸으니까.

'이러다 끝이 없겠군.'

어쩌면 영원히 전투가 끝나지 않을지도 모른다.

로이스나 프리뭄 모두 서로에게 치명상을 입힐 수가 없는 상황이기 때문이다.

'어떤 식으로든 빈틈을 찾아내야 해.'

프리뭄의 분신들을 노려보는 로이스의 두 눈이 차갑게 번뜩였다.

한편 그렇게 로이스가 프리뭄과 치열한 전투를 벌이는 모습을 군주 루나와 절대용자 라피스는 경악이 가득한 표정으로 쳐다봤다.

"상마왕 프리뭄의 필살기인 초월육마분신을 혼자서 상대하다니! 저 녀석 정말 괴물이 분명해!"

"크크, 정말이지 보면서도 믿을 수가 없다. 하지만 우리도 이러고 있을 때가 아니야, 루나."

"알고 있어. 저기 에나토스와 데카토스가 오고 있잖아. 저놈들이 접근하지 못하게 막아야지."

눈 깜짝할 사이에 벌어진 로이스와 프리뭄의 전투.

루나와 라피스는 그사이 인근에 있던 중마왕 두 명을 쫓아 버렸다.

중마왕들은 루나와 라피스를 보자 기겁하며 도주했다.

본래는 끝까지 추격해 없애 버려야겠지만 프리뭄을 향해 황급히 접근해 오는 두 명의 상마왕을 막아야 하기에 놔뒀을 뿐이다.

루나가 눈을 빛냈다.

"난 에나토스, 그대는 데카토스를 맡는다. 건투를 빌겠다, 라피스!"

"후후, 그대야말로. 난 기왕이면 저놈이 도주하기 전에 죽여 버릴 생각이야."

라피스는 암흑의 한쪽에서 몰아치는 시뻘건 불의 해일을 노려봤다.

대마계 제10위 상마왕 데카토스.

비록 상마왕 중 최하위 서열을 가지고 있지만, 가공스러운 화염 결계를 펼쳐 해 오는 공격은 절대 방심할 수 없었다.

'잘 만났다, 데카토스. 오늘 내가 널 죽여 주지.'

라피스는 들끓는 화염의 바다 위로 번쩍 이동했다.

화르르! 화르르르!

순간 사방 공간이 불바다로 변했다.

어느 쪽을 바라보든 시뻘건 화염으로 타오르고 있는 알 수 없는 공간.

이곳은 바로 데카토스의 화염 결계였다.

그러나 이글거리는 화염의 열기 속에서도 라피스는 멀쩡했다.

'저기 있군.'

불바다에 몸체를 반쯤 담그고 있는 거대한 드래곤.

그것이 바로 암흑화염룡이라 불리는 데카토스의 본체였다.

입에서 쏘아 내는 브레스로 웬만한 소세계 하나를 잿더미로 만들어 버린다는 악룡 중의 악룡!

그런 데카토스도 슥 고개를 돌려 라피스를 바라보고는 움찔 놀라는 기색이었다.

"으! 절대용자 라피스! 네놈이 어찌 이곳에 있는 건가?"

라피스는 지금 대마왕 불칸에게 잡혀 있어야 했다. 상마왕 프리뭄에게 설명을 들은 작전대로라면 말이다.

그런데 난데없이 이곳에 라피스가 모습을 드러내다니, 뭔가 이상했다.

"이상할 것 없어. 그냥 넌 죽으면 된다, 데카토스!"

라피스는 씩 웃더니 두 주먹을 앞으로 쭉 뻗었다. 순간 그의 주먹에 장착된 금빛 건틀릿이 태양처럼 환하게 빛났다.

이에 데카토스는 당황했다.

'이건 뭔가 잘못됐군.'

그는 자신이 라피스의 상대가 되지 못한다는 사실을 잘 알았다.

라피스는 절대용자 중 최강의 존재!

대마계 제3위 상마왕 테르티움과 쌍벽을 이룰 만큼 강한 전투력을 가지고 있는 것이다.

따라서 그는 라피스와 전투를 벌이는 것보다 상마왕 프리뭄을 지원해 그녀의 지시를 받는 것이 현명하다 여겼다.

"라피스! 네놈이 왜 이곳에 있는지 모르지만 그래 봤자 결과는 달라지지 않는다. 프리뭄 님이 이곳에 오셨기 때문이야. 라주리 성은 곧 점령될 테니 죽을 준비나 하는 게 좋을 것이다."

곧바로 데카토스가 브레스를 내뿜었다.

콰아아아아아!

검붉은 화염이 라피스를 향해 쏟아졌다. 동시에 바닥에서 이글거리던 화염의 바다가 솟구치며 라피스를 뒤덮었다.

그 모습을 보며 데카토스는 잽싸게 한쪽으로 이동했다.

그곳은 프리뭄과 로이스가 전투를 벌이는 곳이었다.

그러나 데카토스는 즉시 멈춰야 했다.

라피스가 화염의 브레스를 뚫고 번쩍 이동해 그의 앞을 가로막았던 것이다.

"어딜 가려는 거냐? 오늘 넌 내 손에 죽는다, 데카토스!"

"닥쳐라! 감히!"

데카토스가 다시 브레스를 내뿜었지만 라피스는 그 또한 가볍게 흩어 버렸다.

"그따위 공격은 나에게 통하지 않는다는 걸 모르는가."

라피스의 건틀릿에서 찬란한 빛이 번쩍이는 순간 거대한 황금빛 그물이 생겨나 데카토스의 몸체를 휘감았다.

"크으윽!"

황금빛 그물이 데카토스의 가죽을 뚫고 파고들었다. 이대로라면 그는 그물에 의해 찢겨 수천 조각의 육편으로 변해 버릴 것이다.

"어쩔 수 없군. 두고 보자, 라피스!"

그는 프리뭄을 지원해야 하는 임무를 받았지만, 지금은 일단 생존이 우선이었다.

화악!

그의 두 눈에서 시커먼 빛이 번쩍였다.

최후의 생존기인 어둠의 속박!

대마계 제10위 상마왕까지만 가능한 절대 생존기는 대상이 누구든 일정 시간 묶어 버리는 저주였다.

라피스 또한 예외가 아니었다.

"이런!"

라피스는 잠시 경직된 상태로 멈췄다. 물론 그 저주는 금세 풀렸지만 그땐 이미 데카토스가 다크 포탈을 통해 귀환한 후였다.

이는 눈 깜짝할 사이에 벌어진 일.

조금이라도 빨리 저주를 풀었다면 데카토스가 귀환을 하지 못하게 막았을 테지만, 라피스로서는 그럴 능력이 없었다.

'제길! 어쩔 수 없지. 일단 데카토스를 쫓아 버린 것에 만족해야겠군. 그리고 내가 할 일은 바로 저놈들을 죽이는 거다.'

곧바로 그는 어둠의 한쪽을 향해 이동했다. 그곳은 프리뭄 휘하에 배속된 타락한 용자 제라칸의 부하들이 몰려 있는 곳이었다.

"으! 저자는 절대용자 라피스?"

"피해라! 라피스가 나타났다!"

본래라면 그들의 주위로 중마왕들과 하급 마왕들뿐 아니

라 제10위 상마왕 데카토스가 철저한 호위를 펼치고 있어야 했다.

그러나 모두 라피스에 의해 격퇴당한 상태이다 보니 제라칸의 부하들은 무력하게 노출되고 말았다.

"제라칸에게 전해라! 나 라피스가 곧 죽이러 간다고 말이야."

라피스의 건틀릿이 번쩍이는 순간 타락한 용자 제라칸의 부하들은 모조리 먼지로 변해 흩어져 버렸다.

'이로써 프리뭄이 초마력대공간진을 펼치는 건 불가능해졌군.'

라피스는 회심의 미소를 지었다.

라주리 성을 둘러싼 미스토스 방어 결계 또한 해제될 일이 없으니 마음 놓고 로이스를 지원할 수 있게 된 것이다.

이 모든 게 상마왕 프리뭄을 혼자서 상대하고 있는 로이스 덕분이었다. 프리뭄의 손발이 묶인 상태이다 보니 라피스가 그녀 휘하의 부하들을 모조리 쓸어버리는 게 가능했던 것이다.

그사이 군주 루나 역시 제9위 상마왕 에나토스와 전투 중이었다.

에나토스는 마왕답지 않게 온화하고 지적인 인상을 가진

인간 청년의 모습을 하고 있었다. 그의 깊고 서늘한 눈빛을 보면 마치 대학자나 대현자와 같은 느낌이 들 정도였다.

그러나 그런 외모와 달리 그는 수많은 소세계들을 차원의 세계에서 지워 버린 잔혹한 상마왕이었다.

스스스.

끝없이 늘어선 대나무 숲.

사방 어디를 봐도 짙푸른 대나무들만 가득했다.

언뜻 보기에 평화로워 보이는 숲 같지만, 실제로는 이 대나무 숲 자체가 하나의 무서운 환상 결계였다.

"크크크크!"

"키키킥!"

아니나 다를까, 대나무들이 일제히 거대한 괴수들로 변해 루나를 공격했다.

그 괴수들의 숫자는 말 그대로 무한이었다.

평생을 죽여도 끝이 없을 정도로 많았다.

"흐흐흐, 미스토스 군주 루나! 네가 꽤 강한 건 안다만 나의 환상 결계에 갇힌 이상 한동안 빠져나오기 힘들 것이다."

환상 결계!

이는 환상을 통해 공격을 가하는 것으로, 환상에 억눌리는 순간 그 환상은 환상이 아닌 현실이 되어 버린다.

에나토스는 먼 곳에서 부채를 살살 흔들며 음흉하게 미소 지었다.

'루나를 가둬 놨으니 프리뭄 님께서도 기뻐하실 것이다.'

그러던 그는 흠칫 놀랐다.

갑자기 괴수들에 둘러싸여 있던 루나의 모습이 흔적도 없이 사라져 버렸기 때문이다.

'이럴 수가! 어찌 환상 결계 속에서 나의 이목을 속이고 사라질 수 있다는 건가?'

저 대나무 괴수 숲의 환상은 에나토스가 만들어 낸 것이다.

저 환상 속에서 벌어지는 모든 건 그의 통제 하에 있는 터라 루나의 종적을 놓친다는 것은 있을 수 없는 일.

그런데 루나가 어디로 사라졌는지 에나토스는 찾을 수 없었다.

'뭔가 이상하군.'

아무래도 꺼림칙한 기분이 든 에나토스는 재빨리 그곳을 벗어나 프리뭄이 있는 쪽으로 이동하려 했다.

그러나 바로 그때.

"이따위 유치한 결계로 날 어찌할 수 있다 보느냐, 에나토스?"

에나토스의 뒤쪽에서 싸늘한 음성이 들림과 동시에 거대한 사슬낫이 번개처럼 떨어져 내렸다.

콱! 서걱! 서거걱!

그것이 끝이었다. 사슬낫이 눈부신 속도로 에나토스의 목을 자름과 동시에 가슴과 복부까지 토막 내 버렸다.

쾅! 콰쾅!

사방을 울리는 폭음! 이는 에나토스가 가진 힘의 근원 세 개가 동시에 파괴되었음을 의미했다.

"크으으윽! 이, 이럴 수가……!"

몸통에서 떨어진 에나토스의 머리가 절규했다.

자신이 최후의 생존기조차 쓰지 못한 채 이토록 맥없이 죽게 될 줄은 몰랐던 것이다.

그가 만일 살고 싶었다면 아까 루나의 종적을 놓쳤을 때 재빨리 최후의 생존기를 펼친 후 도주했어야 했다.

지금은 로이스로 인해 미스토스 용병계 최강의 군주는 아니지만, 그래도 한동안 최강의 군주로 군림하던 루나였다.

환상 결계 따위로 그녀를 가둔다는 것은 애초부터 불가능한 일.

에나토스는 스스로의 능력을 과신하다 죽임을 당하고 만 것이다.

그렇게 대마계 상마왕 중 하나가 차원의 저편으로 사라졌다.

이때는 라피스가 막 데카토스를 쫓아 버린 후 타락한 용자 제라칸의 부하들을 쓸어버리던 그 순간이었다.

"오오오! 루나, 그대가 에나토스를 죽인 건가?"

에나토스의 단말마가 울리는 걸 듣고 깜짝 놀라 그쪽을 바라본 라피스의 안색이 환해졌다.

"운이 좋았다."

루나는 비릿하게 웃으며 고개를 끄덕였다.

순간의 방심을 유도한 후 기습을 통해 단번에 해치울 수 있었지만, 진짜로 죽일 수 있을 거라고는 기대하지 않았다.

눈치 빠른 에나토스가 그사이 귀환을 통해 도주할 거라 생각했었기 때문이다.

그러나 뜻밖에도 에나토스는 루나의 능력을 과소평가한 채 머뭇거리다 변을 당하고 말았다.

"크하하하! 정말 잘했다, 루나. 그대의 명성이 결코 헛된 것이 아니었구나."

"이제 우리는 로이스가 프리뭄을 죽이도록 도와줘야 한다."

에나토스를 죽인 것 하나만으로도 오늘 대단한 쾌거를 달성한 것이었다.

그러나 만일 로이스가 프리뭄을 죽이게 된다면 그것이야말로 진정한 쾌거라 할 수 있으리라.

한편 프리뭄은 이 뜻하지 않은 상황에 크게 당황했다.

'에나토스가 죽다니!'

지금 대체 무슨 일이 벌어지고 있는 것인가?

일단 그녀는 자신이 지금 로이스와 실랑이를 벌이고 있는 것부터가 믿기지 않았다.

본래 그녀가 파악했던 로이스의 전투력이라면 벌써 그를 미스토스 용병계로 귀환시켜 버렸어야 정상이었다.

그리고 지금쯤 초마력대공간진을 완성해 라주리 성을 점령했어야 하는 것이다.

그러나 로이스는 그녀의 힘으로도 어쩔 수 없을 만큼 엄청난 괴물이었다.

초월육마분신(超越六魔分身)!

그녀의 이 필살기는 그녀를 제외한 하위 상마왕 모두를 상대할 만한 가공스러운 전투력을 지니고 있다.

이는 일곱 명의 절대용자 모두를 상대하고도 남음이 있을 정도인 것이다.

그런데 로이스 혼자서 초월육마분신을 너끈히 상대할 뿐 아니라 조금씩 우세를 보이고 있는 중이었으니.

'아무래도 뭔가 크게 잘못되었다.'

무엇보다 근처에 절대용자 라피스의 모습이 보이는 것부터가 이상했다.

그녀의 계획대로라면 라피스는 지금 대마왕 불칸에게 붙잡혀 있어야 정상이니까.

'아뿔싸! 설마 이놈들이 날 속인 거라면?'

프리뭄은 순간 뒤통수를 맞은 듯했다.

그러고 보면 모든 일은 미스토스 군주 아스텔을 통해 엿들었다.

만약 아스텔에게 몽인이 박힌 걸 알고 역공작을 펼친 거라면 지금 상황이 충분히 이해가 되었다.

'으득! 감히!'

그러나 그녀가 그런 사실을 간파한 순간에도 로이스는 초월육마분신들을 무자비하게 공격했다.

또한 그사이 절대용자 라피스와 미스토스 군주 루나가 합세했으니!

"로이스! 암흑 사제를 먼저 없애지 않으면 초월육마분신을 영원히 처치할 수 없다."

루나의 말에 로이스는 고개를 끄덕였다.

"나도 알아. 그런데 저 방패를 쥔 프리뭄이 막고 있으니 방법이 없어."

그러자 루나가 알 수 없는 미소를 지었다.

"유일한 방법이 있지. 내가 아주 잠시지만 방패 전사 프리뭄을 잡아 둘 수 있거든."

그 말이 끝나자마자 루나가 방패 전사 프리뭄을 향해 돌진했다.

푹! 푸확! 촥! 촤악!

순간 대검과 단검이 루나의 몸을 사정없이 난도질했다.

"으윽!"

로이스와 달리 루나는 순식간에 만신창이가 되어 버렸다. 애초부터 그녀는 초월육마분신 중 하나를 감당하기도 쉽지 않으니 당연한 일.

'저러다 죽겠군.'

로이스가 그녀를 도우려 했지만, 루나는 다급히 외쳤다.

"이때야! 어서 암흑 사제를 공격해!"

촤라라라락!

그 말과 함께 그녀는 사슬낫을 날려 방패 전사 프리뭄을 휘감았다.

그로 인해 루나와 방패 전사 프리뭄은 서로 껴안고 있는 것처럼 보였다.

"이런! 감히!"

콰직!

방패 전사 프리뭄이 재빨리 방패를 후려쳐 루나의 머리를 박살 냈다.

그렇게 루나가 미스토스 용병계로 귀환되는 것과 동시에.

퍼어억—!

로이스의 주먹이 암흑 사제 프리뭄의 안면을 강타했다.

〈다음 권에 계속〉

하라간
쥬논 판타지 장편소설
핏빛 판타지의 연금술사, 쥬논.
그가 펼치는 공포와 선혈의 환상 세계!
『흡혈왕 바하문트』, 『샤피로』를 잇는 그 세 번째 이야기.
검푸른 마해(魔海)의 세계에 그대를 초대합니다.
dream books
드림북스

『제왕록』, 『무림에 가다』 시리즈의 작가 박정수
그가 거침없는 현대 판타지로 돌아왔다!
『신화의 전장』
주먹을 믿지 마라.
우리가 살아가는 이 땅에 인간을 벗어난 자들이 존재한다.
dream books
드림북스

DREAMBOOKS

DREAMBOOKS